만 개의 손을 흔든다

송은숙
2004년 『시사사』를 통해 시인으로 등단했다.
시집 『돌 속의 물고기』 『얼음의 역사』 『만 개의 손을 흔든다』, 산문집 『골목은 둥
글다』를 썼다.

파란시선 0084 만 개의 손을 흔든다

1판 1쇄 펴낸날 2021년 9월 5일
지은이 송은숙
디자인 최선영
인쇄인 (주)두경 정지오
펴낸이 채상우
펴낸곳 (주)함께하는출판그룹파란
등록번호 제2015-000068호
등록일자 2015년 9월 15일
주소 (10387) 경기도 고양시 일산서구 중앙로 1455 대우시티프라자 B1 202호
전화 031-919-4288
팩스 031-919-4287
모바일팩스 0504-441-3439
이메일 bookparan2015@hanmail.net

ⓒ송은숙, 2021, printed in Seoul, Korea

ISBN 979-11-91897-01-2 03810

값 10,000원

*본 도서는 울산문화재단 '2021 울산예술지원 선정 사업'의 지원을 받아 발간되었습니다.

  울산광역시 울산문화재단

만 개의 손을 흔든다

송은숙 시집

시인의 말

숲 그늘 가까이 산다.
산벚꽃과 밤꽃과 녹음을 지나며
나무는 온몸이 혀라는 생각.
하늘 내려앉는 헐거운 가지를 보며
나무는 온몸이 귀라는 생각.

나무의 신전에 새겨진
비의와 신탁을
곰곰 해독하면서.

차례

시인의 말

제4부

해설

제1부

꽃과 꽃 사이

꽃댕강나무꽃 꽃마리꽃 꽃사과꽃 꽃산수유꽃 꽃산딸나
무꽃 꽃창포꽃 꽃층층이꽃

머리에 수레국화 같은 꽃을 둘렀다
왕관을 쓴 꽃들이다

꽃과 꽃 사이 피어 반짝거리므로
꽃과 꽃 사이 갇혀 빽빽하므로
향기에 기진해 넉장거리 치는
즐거운 꽃의 감옥이라 해도 좋겠다

그래서 꽃층층이꽃 무더기로 핀 들판을 지날 때
수마노탑에 마음 은근히 기울어지듯
꽃의 보탑에 층층이 황홀해진다
구름이 구름을 부르고
그늘이 그늘을 부르듯
꽃이 꽃을 불러 잘 마름질한 가장자리마다
이슬 한 방울 걸어 두었다
가만가만 수어(手語)로 울리는 풍경이다

수련의 귀

물의 표면에 바짝 귀를 대고 수련은 물의 소리를 듣고
있다

연못이 얼음의 **뼈**를 허물 때 움푹 팬 상처 자리를 햇살
이 핥아 주는 소리
물의 무게를 견디며 물수세미가 자라는 소리

몸 전체가 하나의 커다란 귀인 수련이 듣는 것은
물 안쪽의 소리인지 물 밖의 소리인지
그러니까 수련의 귀는 어느 쪽을 향하고 있는 걸까

혹은 하늘과 연둣빛 풍경이 연못에 비칠 때
그 풍경은 물 안의 풍경인지 물 밖의 풍경인지
하늘 위로 물가의 수양벚나무꽃들이 떨어져
꽃잎 주변의 물 주름과 물 주름이 입술의 주름처럼 서
로 만날 때

물 주름은 물의 안과 밖을 접으며 **빠르게** 번져 가는데

수련의 귀는 매끄럽고 반짝거리네

소리가 귀걸이처럼 둥글게 매달려 있다는 듯
수련은 잎새 하나를 뒤집으며 뒷면을 보여 주네
거기 잠시도 가만있지 못하는 물의 수런거림이 모여 있
다는 듯

나는 수련의 귓바퀴 언저리에서 자꾸 뒤집히는
물의 안과 밖을 물끄러미 바라보네

매달린 것들 1
—유리산누에나방의 방

유리산누에나방 고치가 떡갈나무 잔가지에 매달려 있다
색을 거둔 나무 끝에서 펼쳐 보이는
연두의 둘레가 환하다
반짇고리에서 찾던 비단 골무 같다
골무 끝으로 기워 낸 오리나무 어린잎 같다
먼먼 유리산엔 보광(寶光)의 동굴이 있어
석 달 열흘 긴 수련 끝에 굴을 헐고 나오는
어떤 존재를 기리는 고대의 전설
적막한 산에서 만난 시(詩)의 파편 같은 것
산은 어깨를 움츠린 채 설핏 잠이 들었고
산그늘에서 만난 손가락 두 마디 크기 고치는
매끄러운 유리알과도 같아
유리산의 유리를 가지고 놀기로 한다
투명한 유리, 알록달록한 유리, 차가운 유리, 날카로운
유리
햇살을 반사하는 유리, 뜬구름 같은 유리
유리(琉璃)와 유리(瑠璃)를 가늠하고
유리(有利)와 유리(遊離)를 견주며
유리의 실을 친친 감아 자신을 가두는
적막한 산에서 만난 유리산누에나방의 방, 같은

시의 안쪽에 거꾸로 매달려서

매달린 것들 3
—과메기

빨래 건조대에 과메기가 매달려 있다
발목에 차꼬를 채우고 거꾸로 달아맨, 저 베드로의 자세

시를 쓰려면 사물을 전도시켜 보아야 한다니
어족의 세계에서 과메기는 시인 기질을 지녔다

과메기는 눈을 꿴다는 관목어에서 나온 말
그러나 이제 눈이 꿰이기 전 아예 머리가 잘려
토르소처럼 단순해졌다

전도된 세상이 다시 전도되었다
가시를 발라내니 시가 되었다

더 거둘 것도 없는 빈 몸이라
바람 앞에 담담하다, 당당하다

잘게 썰어 대는 바람의 책형에
살 속의 문장이 배어 나왔다
바다의 속살을 닮은 푸른 빛, 이다

캐리어

캐리어를 이리저리 끌고 다녔다
아스팔트에 갈린 바퀴가 쓰라렸다
누군가의 팔에 매달리지 않고 저 나름의 이족 보행을 한
다고 나섰다가
늘 맞고 오는 아이처럼 여기저기 멍이 들었다

그러니까 캐리어는 커리어다
순례자는 방문지의 도장을 받아 도장의 이력을 따라간다
몸통에 덕지덕지 이력서를 붙이고
컨베이어 벨트를 빙글빙글 돌며, 나를 빨리 데려가 줘요

캐리어에 옷가지를 넣고 하염없이 다니는 여자가 있
었다
보도블록에 빠졌는지 바퀴 한쪽이 절뚝거리는
그 여자, 캐리어를 눕히고 그 위에 걸터앉아 맛있게 담
배를 한 대 피우고
세상에, 엉덩이를 받아 주는 가방이라니
다시 제 몸만큼 커다란 캐리어를 끼익거리며 끌고 가
던 뒷모습은
서로 얼마나 다정하던지

그리고 아이들은 어느 날 캐리어를 끌고 떠났다
몇 가지 옷과 몇 권의 책과 밥공기와 숟가락을 넣고
아직 돌아오지 않는다
돌아오지 않을 것이다, 아마
캐리어가 있는 한 캐리어가
자신들을 이리저리 끌고 다니는 한

그래서 낯선 호텔에 도착하여 짐을 풀고
빈 캐리어는 창가에서 온종일 주인이 돌아오길 기다리
는 늙은 고양이 같겠지
낯선 여인숙 같은 요양병원에서 엄마도 캐리어처럼 우
두커니
우리를 기다렸을까

나도 캐리어를 하나 장만해야 했다
재 냄새가 나는 향초를 잔뜩 싣고
절뚝거리며 들어간 창틀마다 향초를 하나씩 켜 둔 다음
빈 가방엔 죽은 엄마의 찬합을 싣고 왔다

발등이 까지면 발보다 위장이 쓰라렸다는 시절
밥과 반찬을 꾹꾹 눌러 담았으니, 엄마도 드셔 보실래요?

재활용 차고 옆에 버려진 캐리어를 본다
지퍼가 고장 나 있다
앙다물어 상한 이가 녹슬고 있다

틈

'틈'이란 말에는 ㅌ과 ㅁ을 가르는 _가 있다 나는 그것
을 시라 부르겠다 그러니까 시는 장롱에 들어가 눕는 일
이다 _는 이불과 베개 사이에 자리 잡은 어린 '나'이다 앨
리스는 나무 틈새로 미끄러져 들어가 모자 장수를 만나고
나는 이불 사이에서 무수한 이불 같은 구름을 만들어 구름
나라 아이들과 논다 구름은 가볍고 따뜻하고 졸리다 그리
고 눈을 떴을 때, 장롱 속에 웅크린 어둠이 등을 쓸고 지나
가던 그 공포의 순간이 시였을까 그러니까 시는 틈새에 손
을 집어넣는 것이다 그 손에 무엇이 닿을지 서늘한 어둠의
입자를 집요하게 살펴보는 일이다 바위틈에 자리한 새 둥
지에 손을 넣어 알을 꺼낸 적이 있다 이불 틈에 넣어 둔 알
의 두근거림과 내 심장의 두근거림이 마구 공명하던 어느
날이다 알은 날개를 갖지 못하고 내 심장은 죄책감으로 빨
개졌다 그때 쏟아 낸 울음이 시였을까 문틈으로 눈을 대고
밖을 바라보는 일 다시 밖으로 나가 눈을 대고 안을 바라
보는 일 밝음과 어둠은 함께할 수 없다 밝음 쪽에서 어둠
과 어둠 쪽에서 밝음을 서로 바라볼 뿐 눈이 시려 왔던 그
밝음과 어둠의 한나절이 시였을까 베란다에 서서 초승달
을 본다 초승달은 어둠과 어둠 사이의 _이다 사실 저 초
승달은 하늘 뒤편에서 이편을 엿보는 거다 어둠 속에서는

초승달과 하늘이 전도된다 앨리스는 초승달을 타고 올라
간다 손을 들어 달을 잡아 본다 거기 시가 있다

녹색 광선

태양이 질 때 주변의 녹색 광선을 본다면
삶의 진실을 알 수 있다지요
에릭 로메르 감독의 영화를
폐업을 앞둔 비디오 가게에서 백 원에 빌려 본 날
주인공이 바라보는 녹색 광선이 내게 안 보인 건
여러 가게를 전전한 백 원짜리 낡은 비디오여서일까요
비디오 가게는 컴퓨터 수리점으로
인테리어 시공사로 보습학원으로
간판을 바꾸어 달며
태양이 장엄하게 바다 너머로 끌려가듯
개소주를 내리는 건강원으로
구십 프로 세일을 하는 아웃도어 매장으로
늘 새롭게 변신하지요
하지만 햇빛을 반사하는
사거리 고층 빌딩 유리창처럼
안을 들여다볼 수 없어요
결정적인 순간에 버퍼링이 나지요, 진실이란
이제 인형 뽑기 가게로 바뀌어
플라스틱 상자 속의 인형들처럼
무더기 무더기로 쌓여 있지만

들어 올리려다 자꾸만 떨어뜨리고 말지요
그저 오래 잠 못 이룬 내 눈 주위처럼 몽롱한
태양의 다크서클 같은 걸 보고 싶을 뿐인데요

봄 감지 센서

엊저녁부터 김치냉장고에서 소리가 난다
띵동, 띵동 띵동
가만히 있다가도 화들짝 생각난 듯
띵동, 띵동 띵동
고객 센터에 전화를 하니
온도 감지 센서가 고장 난 거라고
드라이기를 냉풍으로 해서 십오 분쯤 말려 보란다

드디어 소리가 멎었다 싶더니
띵동띵동, 띵동띵동
누군가 계속 초인종을 누르는 듯
들여보내 달라고 재촉하는 듯
이 안에서 김치가 발효되고 있는데
천천히 혹은 빠르게
아무리 재촉을 해도 복식호흡을 하듯
천천히 혹은 빠르게

밖에는 비가, 봄비가
장맛비처럼 후드득, 후드득
들여보내 달라고

왈칵 문을 열고 들어가고 싶다고
안에서는 냉장고가
띵동 띵동, 띵동 띵동
나는 소파에 누워 눈을 감고
봄이 온다, 봄이
김치가 발효되듯
천천히 혹은 빠르게

그런 날

도서관에서 시집을 빌려 읽다
이 시집을 얼마 전 읽었다는 사실을 깨닫게 되는 날
다운받은 영화의 결말쯤에 이르러서야
아, 나 이 영화 본 적 있어
그런데 그게 언제지?
도대체 어떻게 끝나지?

오늘 내리는 비는 어제 내렸던 비가 아닐까?
입구를 잊어버려 골목마다 헤매고 다니던 날처럼
이 비는 어제 여기 내렸다는 사실을 잊고
오늘 다시 내리고 있는 거야
그렇다면 내일도 비가 오겠지
내가 내일의 비를 만날 때쯤엔
나 역시 우리가 어제, 혹은 그제 만났던 사실을 잊고
이 비 좀 봐, 올해 처음 내리는 비군

그래서 어제의 꽃은 오늘의 꽃이,
오늘의 꽃은 내일의 꽃이 되고
나는 늘 오늘의 꽃을 보겠지
우리가 달의 앞면만을 보는 것처럼

달에 뒷면이 있다는 사실을 잊어버린 것처럼

지금 비가 온다 어제의 비가
내일 내릴 비가
영화가 끝난 화면 위로
눅눅한 시집 위로
한꺼번에 쏟아진다 맨 처음의 비가
활자들이 꿀꺽꿀꺽 빗물을 마시며 자라다
푸른 덩굴손을 뻗어 내 손목을 힘껏 움켜쥐는 날

그 겨울, 굴다리 지나 골목

그 골목을 들어설 때마다
지나온 철길 아래 굴다리를 생각하는데
가끔 굉음을 울리며 지나가던 기차를 생각하는데
아득히 멀어지는 기적 소리를 따라
(기차는 눈의 나라로 가는 것이 아닐까)
내 귀가 나귀처럼 한 뼘씩 두 뼘씩 길어지는 것 같던 시
간을 생각하는데
그러니까 내가 가야 할 길과
기차가 가는 길은
십자가 모양으로 어긋나 있다고
그래도 그 길 끝에는 골목이 있고
골목은 기차가 가는 방향으로 나 있다고 생각하는데
그 골목을 오를 때
기차와 나는 같은 쪽으로 가고 있는 거라고 생각하는데
가파른 골목을 오르고 올라
그 끝에 다다를 때쯤
발밑으론 도시의 불빛이 싸락눈처럼 반짝거리고
머리 위론 갓 구워진 눈이 빵가루처럼 쏟아져 내릴 때
기차는 눈의 기억 속으로 달리고, 달리고
또 달리고 있는 거라고 생각하는데

어느 역에서 빵 가마의 따뜻한 재 위에 누웠다가
나귀처럼 푸르르 머리를 흔드는 것을 생각하는데

따뜻한 재가 눈처럼 쏟아져 내릴 때

방어라는 고기

넉 자 다섯 치나 되는 고기가
넉 자쯤 되는 널판 위에 누워 있다
방어의 몸통 안엔 크고 작은 방들 그득하지만
방문을 밀고 나온 꼬리는 한뎃잠이다

물살을 거스를 때 파도의 회초리도
한뎃잠처럼 맵고 세차서
북으로 향하던 방추형의 몸통에
시퍼런 멍이 들었다

상인은 대여섯 번의 칼질로 문설주를 허물고
주렁주렁 걸린 어둠을 끌어낸다
어둠은 형광펜처럼 묽어지고
방은 벌레가 떠난 잎처럼 텅 비어
몸통을 지탱하던 골조만 두드러진다

구들을 헐고 천장과 벽지를 뜯어낸다
평주, 고주, 대들보, 마룻보, 종도리, 용마루, 추녀마루
속눈썹처럼 가지런한 뼈들

살 속에 숨어 있던 물컹한 어둠이
더 안쪽으로 물러나고 있다

입속의 풍경

엑스레이에 잡힌 입속은 세기말 도시 풍경 같다
잇몸을 뚫고 솟은 이 하나하나가
나란히 들어선 고층 빌딩인 셈인데
벽이 내려앉은 적산가옥 같은 것도 있는데
그 터가 부실해서 작은 진동에도 위태롭다
더구나 아래 열넷, 위 열둘의
공터가 넓은 헐거운 차림새라니
오랜 저작(咀嚼)에 어지간히 지친 듯
어느 집은 어깨를 기울여 다른 어깨에 슬쩍 기댔다
저 고단한 휴식, 삭아 가는 부목의 형상이다
감아 놓은 철사의 녹 맛이 입안 가득 번진다
위 어금니 옆에 웅크리고 있는 희고 둥근 것
매복한 사랑니를 나는 달이라고 부르겠다
혀뿌리에도 걸리지 않아 있는 줄도 몰랐던
반쯤 둥근 세상에 희미하게 빛나는 저것은
거리 끝에 웅크리고 있는 고양이라 해도 좋겠다
탯줄을 감은 채 제 몸을 핥고 있는
아직 태어나지 않은 사랑
눈도 뜨지 못한 이별, 그런 것

고양이와 달과 빌딩과 적산가옥과 공터가 있는
풍경의 그림자들
입속엔 그림자의 그림자가 가득하다

번개의 얼굴

숲속에서 만난 키 큰 소나무 가슴께가 꺼멓다
나무의 내부로 들어가는 심연의 통로 같다
번개가 온 힘을 다해 들이받은 통증
그러니까 저 불의 인장은 번개의 얼굴이라 하겠다
나무의 내부를 훑고 번개가 들여다본 건
수십 수백 개의 방
수백 수천 갈래의 뿌리
두 손을 모으듯, 손가락 끝을 포개듯
저 뿌리와 제 몸을 섞고 싶었을 게다
뿌리의 끝까지 가 보고 싶었을 게다

그날, 번개가 지나갔다
번개를 맞은 나무는 오래 청정하고
번개를 맞은 사람은 목덜미에
리히텐베르크 무늬를 새겼다
우주의 에너지를 탐욕스레 흡입하는 붉은 흡반
번개가 제 몸을 복사한 흔적이다
저 문양을 닮은 것은 번개의 일족
질기게 뻗어 가는 나무뿌리와
만년설에서 시작된 강의 시원이나

촘촘히 나뭇잎을 갉아먹는 민달팽이의 걸음
그날, 무엇에 놀란 듯 마구 달려가던 고양이의 울음

번개는 검고 푸르고 희거나 솟구친 귀처럼 팽팽하다

●리히텐베르크 무늬: 번개를 맞은 사람 몸에 남은 번개를 닮은 무늬.

허리

허리가 아픈 엄마는
무릎을 꿇고 허리를 내리거나 들어 올리면 시원하다 했
는데
고양이처럼
고양이가 허리를 세우고 살금살금 다가가는 것처럼
네발로 걷는 짐승은 허리가 안 아프단다
나무도 가지를 휘어 뿌리를 내릴 때가 있지

가슴에서 엉덩이에 이르는 둥근 지붕
저 궁륭의 자세를 파피루스에서 본 적이 있다
세계를 감싸는 누트 여신의 몸
가슴에 별들을 매달고
젖꼭지에선 은하수가 흘러넘치고
배꼽엔 태양과 달을 둘렀다

우리도 그 늘어진 가슴에 입을 대고
대지의 기운 빨아 댄 적 있다
허기진 긴 오후를 무릎걸음으로 기어 다닌 적 있다

허리가 아픈 나는 엄마의 자세를 흉내 내

엉덩이와 허리를 번쩍 들고
나는 태초의 마고가 되어
이 허리를 움직여
젖을 물리고 오줌발을 가늠하는
첫새벽의 첫 여인이 되어

구장탄데

아욱밭 사이에 그게 있었다 구장탄데라고 내 어린 기억
으로 개들의 무덤이라는 곳 커다란 무덤처럼 둥근, 크기도
꼭 그만한, 흙무덤 사이사이 사금파리 켜켜이 쌓이고 환
삼덩굴이 그 위를 빽빽이 덮어 크기도 크기지만 환삼덩굴
꺼칠꺼칠한 이빨 드러내며 막아서 쉽게 올라가지 못하던
그 위 햇살만 흥건히 고여 있다가 뚝뚝 떨어지던, 녹슨 병
뚜껑 찾아 온종일 햇살을 퍼내 아욱밭에 흘려보내던 그게

돌이켜 보니 개 구(狗) 자에 장사 장(葬)도 있으니 개 무
덤이 맞는 걸까 여름에 어른들은 냇가 다리 아래 솥을 걸
고 개를 삶았다 우리가 다가가면 저리 가라 소리치고 무슨
궁리나 모의를 하듯 오래 머무르며 가끔씩 노래도 불렀다
멱을 감으러 가면 자갈 위로 큰 돌을 괴어 만든 아궁이 옆
에 불에 탄 나무들과 소주병이 별자리처럼 흩어져 있었다
그건가 삶기거나 그을린 개들의 뼈가 비릿하게 차곡차곡
쌓여 있는, 마을에서 사라진 개들이 몸을 누이는 곳 그 둥
근 무덤 내가 태어나기도 전에 부모님이 터를 잡기도 전
부터 있어 왔다고 했다

김해에 가면 조개 무덤이 전시되어 있다 아득한 시절 조

개를 먹고 던져 놓은 곳 조개껍데기 말고도 어쩌면 깨진 항아리와 금이 간 그물추와 어쩌면 고래의 이빨 사슴의 뿔 곰의 갈비뼈 그 뼈로 만든 귀 떨어진 바늘과 오랜 세월 곰삭은 어둠과 함께 어둠의 살이 되어 있다 햇살 아래 끌려나와 하얗게 바래서 꽃처럼 지층에 박혀 있다 그 무덤이 유리창 안에 박제되어 어둠과 햇빛 사이 새벽의 빛으로 있다 그러니 구장탄데를 허물면 하얀 꽃 같은 사금파리 아래 그을린 뼈들이 개 뼈들이 어금니와 송곳니가 촘촘히 별들처럼 박혀 있겠다 어느 날 잃어버린 머리핀과 잃어버린 금단추와 가운데 구멍을 뚫고 실을 넣어 돌리던 동전도 함께

요즘 가끔가다 개 짖는 소리가 들린다 아욱밭도 구장탄데도 사라지고 정확한 위치도 잊었는데 그 어디쯤 길이 나고 그 어디쯤 전봇대가 서고 그 어디쯤 집들이 들어섰는데 가끔씩 우어어 개들이 우는 소리 들린다 냇가의 숯처럼 까만 밤사이로 올려다보면 그런 날은 하늘에 겨우겨우 떠 있는 별들이 하얀 아욱꽃을 닮았다 큰개자리에 있다는 가장 밝은 별 시리우스 그리로 그 모든 개가 어쩌면 슬그머니 보이지 않던 마을의 개들도 목에 옛날 옛적 잃어버린 커다란 인형의 눈을 달고 루돌프 사슴처럼 딸랑거

리며 달려가는 것이다

제2부

어떤

　어떤 사람이 어떤 아파트 옥상에서 떨어졌는데 그 사람이 어떤 사람인지 어떤 손이 어떻게 그 사람을 떠밀었는지 어떻게 그 사람의 발을 걸어 넘어뜨렸는지 그때 어떤 바람이 불어왔고 어떤 구름이 지나갔고 하늘이 어떤 색이었는지 어떤 소설가는 옥상에 민들레를 심으라고 충고하지만 어떤 사람은 꽃이 핀 화분을 받침대로 쓰기도 한다는데 발목을 붙잡기에 꽃의 손목이 어떻게 가늘었는지 그 예쁜 손이 어떻게 떨렸는지 그 어떤 이는 어떤 아이 어떤 학생 어떤 노동자 어떤 노인 길거리에서 신호등 앞에서 편의점에서 버스 정류장에서 가게의 차양 그늘에서 후루룩 라면을 먹고 쭈쭈바를 빨던 어깨 위의 실밥을 집어내던 낡은 유모차 위에 아기 대신 박스가 앉아 있던 어느 날 마주 오다 스쳐 지나가던, 어떤 사람

●어떤 소설가는 옥상에 민들레를 심으라고 충고하지만: 박완서, 「옥상의 민들레꽃」.

허공의 집

절벽에 매달린 집이 있네
집이, 그러니까 ㅈ ㅣ ㅂ이 지붕과 기둥과 방으로 이루
어진 거라면
바다갈매기 둥지 같은 공중의 집도 집일까
생각하다가 아득히 추락하던 몸이 걸려 있네
허공을 밟고 오르는 저녁과
구름을 밟고 내려오는 아침 사이
바람은 요람을 흔드는 손처럼 불고
요람은 세게, 더 세게 흔들려서
소름 돋은 살갗이 여행 가방에 담긴 짐처럼 굴러다니네
지중해를 건너던 배가 가라앉자
난바다를 가로질러 일평생 따라온 관이 솟아올랐네
필리핀의 사가다엔 사람이 죽으면 절벽에 관을 매단다지
거기 의자도 하나 놓는다지
육탈된 혼이 의자에 앉아 편히 쉬라고
흔들리던 말들은 공중에 머물다 천천히 가라앉지
새 등을 타고 날아가기도 하지
수장된 혼을 봉인하여 걸어 놓고
가만히 그 곁에 드러눕는 밤
사가다의 절벽처럼 의자를 들여야겠다고 생각하네

어머니, 아버지, 여동생과 나란히 앉아
잔도(棧道)를 물들이며 장엄하게 지는 해를
바다의 끝에서 향나무가 자라는 것을
누군가 밧줄도 신발도 없이
제 관을 등에 짊어지고 오르는 것을
눈을 가늘게 뜨고 바라보아야겠다고

●허공의 집: 스웨덴에서는 최근 난민 등으로 인구가 급증하자 절벽에 '둥
지집'을 만들려는 시도를 하고 있다.

연극처럼

두 마리 고양이가 만나
예컨대 자동차 밑의 얼룩 고양이와
화단의 그늘에 자리 잡은 회색 고양이가 만나
서로 빙빙 돌며 냄새를 맡고
꼬리를 건드려 보다 쓰윽 지나치는 모습엔
석양의 건맨을 보는 것 같은
비장한 아름다움이 있다
등을 마주 대고 열 발짝쯤 걷다가
순식간에 총구는 불을 뿜는다
무법자는 느리게 쓰러지고
영웅은 유유히 자리를 뜬다
무대엔 쓰러진 자의 그림자만 남는다
그러니까 등을 보이며 남는 것은 무법자다
악당은 최후까지 비굴하게 남는다
두 마리의 고양이가 쓰윽 스쳐 지나가다
어느 순간 한 마리가 보이지 않을 때
그 죽음이 증명되지 않을 때
사라진 고양이와 남아 있는 고양이는 어느 쪽인가
영웅은 사라지지만 살아 있어야 한다
꼬리가 잘리고 털이 뽑히더라도

자동차 밑의 얼룩 고양이는 시체처럼 웅크리고 있지만
사라지지 않고 살아 있다
회색 고양이가 사라진 화단에
갈색 고양이가 자리 잡았다
사라진 영웅은 다른 무대 위에서
총구의 빛나는 눈동자에 무릎을 꿇었다
혼자 남았고 커튼이 내려졌다
두 고양이가 쓰윽 스치고 지나간다
빈자리는 살아 있는 고양이의 몫이다
그래야만 한다

고요한 건물

그 건물은 강가에서 자랐지
유리창을 끼우기 전 자라는 걸 멈추었지
그러니까 깊고 어두운 저 구멍을 눈이라고 하자
그 건물은 잠자리처럼 많은 눈을 갖고 있어
잠자리처럼 사방을 볼 수 있어

다리 위를 은빛 강물처럼 흐르는 차들
제라늄 화분을 파는 시장
교복 입은 아이들이 공을 차는 운동장
유리창이 반짝거리는 아파트

강물이 무수한 신발을 신고 다리의 턱까지 올라와 헐떡
거리는 것
꽃들이 트럭에 실려 간 뒤 냉장고와 에어컨이 실려 오는
것을
공을 찾으러 울타리를 넘던 아이들은
다시 와서 담배를 피우고 침을 뱉었지
각목을 휘두르고 피를 흘렸지

오토바이에서 여자를 내리거나

짜장면을 내리거나
공구 통을 내리는 것을
건물 안쪽의 그늘에 오래 앉아 있다가
벽의 실금들을 쓸어 보는 것을
그리고 어느 날 두레박처럼
제 몸을 내리는 것을

그 많은 눈으로
그 고요한 눈으로
그 감을 수 없는 눈으로

햇살 파쿠르

창틀에 앉아 거울 놀이하던 걸 생각해 봐
거울에 반사된 햇살은 책상을 지나 엎드린
너의 손등을 지나 어깨를 지나 목덜미로 달력으로 천장
모서리로 천장으로
천장으로 천장으로 천장으로

그날 그는 창틀에 앉아 있었고
너는 그늘에 가린 그가 누군지 모르고

그가 움직이는 거울에 따라 햇살은 이쪽에서 저쪽으로
또 이쪽으로

그러니까 전단지 사무실에서 치킨집으로 편의점 계산대
로
커피숍 그라인더 뒤로

이건 햇살의 발자국일까
너의 손등을 지나 어깨를 지나 목덜미를 지나 잠시 고
개를 든
너의 눈을 비추던 햇살에 눈을 찡그렸을 때 알아차렸지

50

햇살이 너를 지목했다는 것을
똑바로 찌르는 손가락으로

너는 무기력하게 끌려 나오고 그때부터
너의 달리기가 시작된 거야

거울에 비치는 햇살과 네가
누가 빨리 이곳을 떠나 저곳에 닿는지
저곳은 얼마나 멀고 낯선지
저곳은 얼마나 어둡고 밝은 곳인지

천장을 건너뛰던 햇살은 스파이더맨처럼
잠시 천장에 매달려 있어
거침없이 질주하다 잠시 잠깐 아주 환하게, 찡긋
이제 네 차례야 이곳에서 뗀 발이 저곳에 닿기 전
너는 날개가 솟아났지, 너는
허공을 건너뛰고 있지

집

베란다 근처 말벌 집을 떼어 내려 한다
옥상 아래 그늘이 깊어서
말벌이 집을 부풀려 제금 나는 걸 모르고 있었다
가끔 베란다 앞을 날아갈 때
까만 배가 풍뎅이처럼 빛났다

청소부가 엉겁결에 쏘여 병원에 실려 간 뒤
비로소 바라본 말벌 집, 퉁퉁 부은 입술 모양이다
그물망을 쓴 사내들은 고수압 물줄기를 쏘았다
진흙집 아랫도리가 흥건하다

어리둥절한 말벌 떼 까맣게 쏟아져 나와
돌아본다, 멈칫멈칫 빈자리를
새벽에 베개만 안고 뛰쳐나와 넘실대는 냇둑에 섰을 때
함부로 식어 가던 아랫목을

어느 말벌은 자꾸만 되돌아와
베란다 유리창 안쪽을 본다
건조대에 빨래가 마르는 걸
베고니아 잎이 햇빛에 반짝거리는 걸

오래전 떠내려가던 소의 눈빛을 하고
맨발이다 저 말벌,

●제금: '딴살림'의 방언.

쥐잡이꾼

시궁창엔 시궁쥐가 살고
집에는 집쥐가 살지
허풍쟁이 쥐, 허영쟁이 쥐, 고자질쟁이 쥐
다정한 쥐, 오, 어머니, 우리 빨리 이사 가요
여기는 지긋지긋해

아버지는 허벅지를 긁으며 축구를 보네 스펀지를 뚫고
나온 소파 위의 용수철처럼 어머니는 혼자 춤을 추네 한
때 나도 댄스의 여왕이었단다 너희 아버지 팔이 내 허리
를 감고 우리는 밤새도록 춤을 추었지 누이는 엄마의 립
스틱을 바르고 거리로 나가네 이것 봐 길바닥이 온통 쓰
레기 천지야 발을 디딜 때마다 쓰레기가 창자처럼 터져 그
러니 하이힐을 신어야만 해 이 바보야 내 말 들리니? 나는
시궁창에 앉아 시궁쥐를 본다 시궁쥐를 잡으면 꼬리를 잡
고 물에 빠뜨린다 옛날에 어떤 아이가 손톱을 깎고 문밖
에 버렸는데 쥐가 그걸 먹고 그 아이로 변해 그 아이 행세
를 했대 그러니까 나는 쥐 한 마리를 죽였을 뿐인데 물에
빠뜨렸을 뿐인데 알고 보니 그게

나는 금빛으로 넘실대는 밀밭을 보고 있다

나는 뜨거운 물에 샤워를 하고
나는 유리창이 깨끗한 집에 살고
커다란 창틀에 걸터앉아 해가 지는 걸 보고 있다
밀밭을 태우며 지는 해
우리 집을 태우며 지는 해
시궁쥐처럼 뻘밭에 누운 채
나는 아버지가 되어 있고

시궁창엔 시궁쥐가 살고
집에는 집쥐가 살지

●쥐잡이꾼: 린 램지 감독의 영화 제목.

슬러시/슬래시

북녘은 폭설이라는데 겨울비가 내린다
한 번쯤 눈이 되고 싶은 비가
어디선가 눈과 만나 진눈깨비로 날리는 길이 있을 것
이다
얼음과 물의 경계에 끼는 살얼음처럼

그날 망고 슬러시를 먹으며
마음의 안쪽에 살얼음이 낀 것 같다고 너는 말한다
마음에 낀 살얼음은 언제 녹을까, 어떻게 녹일까
나는 맨 처음 망고를 잘랐을 때 칼끝에 닿던 망고 씨앗
을 생각한다
망고 씨앗은 저항군 같아서 수평으로 베고 들어가야 한다
그리고 부드러운 살에 칼집을 넣고, 슬래시
살얼음은 어금니 사이에서 부서지고, 슬래시
겨울비는 행과 연을 나누며 내리고, 슬래시
유리창에 무수히 생기는 행과 연, 무수히 사라지는 시들

인터넷을 개발한 팀 버너스 리는 인터넷 주소창의 슬
래시 두 개를 사실 없어도 상관없는 군더더기라고 했대
우리는 주소창의 슬래시가 아닐까

빗금 두 개는 단호한 거절의 표시 같아
오답 위의 붉은 색연필 자국처럼
생의 어느 모퉁이에서 만난 것 같은 기호
비탈을 타고 내려오는 오래된 마음을 쓰윽 베어 내는

목을 베는 시늉을 하며 너는 희미하게 웃는다

망고 슬러시엔 망고 씨앗이 없다, 다행히도
씨앗은 땅속 어딘가에 잠들어 있다고 믿기로 한다
폭설과 진눈깨비와 겨울비가 차례로 다녀간다고 믿기
로 한다

샐비어, 금잔화, 천일홍

—

찬바람 불고
꽃들의 살이 마르고
정원사가 뿌리까지 뽑아 간 어느 날
안 보이던 것이 눈에 들어왔다
샐비어, 금잔화, 천일홍
나뭇조각에 얌전히 쓴 글자들 서 있다
샐비어, 금잔화, 천일홍 대신
샐비어, 금잔화, 천일홍이
검은 바탕에 똑같이 하얀 글자로
어느 날 시골집 언덕 위에 들어선
스틸하우스 같은 이름표
그 집들은 모두 빨간 셩글 지붕에
하얀 벽들이 나란히, 나란히, 그리고 나란히
여기 텅 빈 화단에 꽂힌
샐비어, 금잔화, 천일홍처럼
은행 지점장 하다 은퇴한 노부부
삼십 년 교직 생활 접고 명퇴한 노부부
시내에서 무슨 가게를 한다는,
아내는 아직 시내에 있고 먼저 와서 자리 잡았다는 어
—
떤 사내

빨간 슁글 지붕 아래
자세히 들여다보면, 그렇다
화단 구석에 찬바람이 쓸고 가다 놓친
샐비어, 금잔화, 천일홍의
붉은 꽃받침, 바스러진 솜털, 마른 대궁
비로소 가벼워진 것들이 걸려 있다
어떤 눈동자, 숨결, 입술 같은 것
어떤 꿈과 기다림 같은 것
그렇다, 자세히 들여다보면
저 깊은 곳에 잠자고 있는
봄이 되면 깨어나 자기 이름을 찾아갈
샐비어, 금잔화, 천일홍의
샐비어, 금잔화, 천일홍이

밤은 아프다

밤은 아프다
한밤중 깨어나 귀 기울이면
어쩌면 지구가 낮게 이를 가는 것 같은
맑은 밤의 신음, 밤은 아프고
홀로 깨어 있는 나도 서러워진다
이런 날은 밤의 맨얼굴을 떠올려보는데
그건 4.3 유적지를 찾아다니다
어느 오름의 뿌리에서 만난 어둠
오래전 동족의 총부리를 피해 숨어들었던
어둠의 비밀 집회소, 어둠의 카타콤에서 만났던
풋내 나던 날것 그대로인 밤
마침 누군가 라이터를 켜고
라이터는 최초의 빛처럼 황홀하게 타올랐다
모닥불 주위의 원시인처럼
라이터 불에 성스럽게 경배하던
그때 우리는 모두 배화교도였다
그 어둠 슬그머니 저 바깥에 풀어놓고 싶다
훌훌 맨몸 일으키는
밤의 어깨 위에 앉아
찰칵! 라이터를 켜고

성화처럼 높이 들어 올리고 싶다

노란 길, 빨간 피

이게 뭐게요
아이가 스마트폰 화면을 보여 준다
붉은 바탕에 노랗게 뻗은 줄기 하나
도로시가 걷던 길 같구나
오즈의 마법사 만나러 가는 길
노란 길
이 붉은 건 길옆에 무리 지어 핀 꽃 같네
다시 보세요
아이는 손가락을 안쪽으로 움직인다
노란 길 이리저리 갈라지고
붉은색 더욱 선명하다
아마존 밀림 위에서 찍은 건 아닐까
밀림 속에 엉켜 있는 강줄기
이게 만약 초록이라면
겁 많은 물고기들 숨어 있는 맹그로브 숲
하지만 아니겠지
아마존엔 단풍이 들지 않지
물론 아니에요 다시 보세요
이번엔 점점이 찍힌 하양
텔레비전에서 순록을 본 적이 있어

눈 쌓인 전나무 숲 사이
순록 떼들은 점점이 흩어져 눈 밑의 이끼를 파먹지
이것이 끝없이 펼쳐진 눈밭이라면
하지만 아니겠지 붉은색 눈은 없지
길 같고, 강 같고, 순록 같기도 한
꽃 같고, 숲 같고, 눈밭 같기도 한
이건 대체 뭐니?
아이가 외친다 이건 바로,
고기라고요
미끈하게 잘린 소고기 한 덩이가
아이 손안에서 새빨간 피를 머금고

자, 이제 이것을 드셔 보세요

비행기 훔치기

나는 엄청난 양의 가방을 싣는다
정말 많은 가방들이다
가방이 너무 많다

워싱턴주 시애틀의 터코마 국제공항에서
소형 비행기를 훔쳐 몰다 추락사한
29세 청년 리처드 러셀이 유튜브에 올린 글

비디오게임으로 비행을 배웠지요
내가 무사히 착륙하면 알래스카 항공사에서 일자리를
줄까요?
물론 농담이에요
나는 그저 망가진 인간일 뿐인데

그 많은 가방들은 바퀴에 실려 어디론가 가고
다음 날엔 더 많은 가방이
그리고 더, 더 많은 가방들이
갑자기 빛 속에 던져진 바퀴벌레들처럼 재빨리 흩어진
다고요

그래서 나는 비행기를 훔쳤답니다

비행기에 바퀴벌레 알을 가득 채웠지요

바퀴벌레는 살충제로도 핵폭탄으로도 없애지 못해요

공기가 없어도 45분을 살 수 있다고요

오직 폭죽만이

페르세우스 유성우처럼 찬란한 불꽃놀이만이

꾸역꾸역 나타나는 갈색의 가방들, 카트들, 쇼핑백들을

자, 이제 나는 유성우가 쏟아질 페르세우스자리로 가요

소동을 피워서 정말 미안하군요

하지만 나를 아끼고 사랑해 주는 사람은 여전히 많답
니다

●리처드 러셀: 알래스카 항공의 자회사인 호라이즌 에어의 직원으로
2018년 8월 10일 소형 항공기를 훔쳐 몰다가 추락사하였다.
●페르세우스 유성우: 매년 7월 중순부터 8월 말까지 페르세우스자리에
나타나는 유성우.

비탄력적인 뒤집기

좌판에 게들이 나란히 누워서 일제히 거품을 게워 낸다 거품은 매화 봉오리처럼 부풀어 어떤 시인은 저 거품으로 밥을 짓는다 했으니 오는 봄날 매화꽃은 밥 냄새를 풍기며 부글부글 피겠다 튀밥처럼 튀겠다 그러나 사실 게거품 물며 버르적거려도 끄떡없이 발라당 누운 게의 등딱지는 거북의 등딱지처럼

비탄력적이다 어떤 거북은 돌밭에 뒤집어지면 다시 뒤집지 못해 결국 죽고 만다는데 태양이 지글지글 익힌 속살을 바람이 꾸덕꾸덕 말릴 때 바람을 타고 세상의 모든 날것이 모여 옆구리와 눈알을 성전 삼아 성찬을 벌일 때 그눈에 마지막 비친 것 곰팡이가 핀 매화꽃 무늬 벽지 주머니를 빼물고 있는 외투 천장 구석의 깊은 어둠이 입을 벌리고 어서 오세요, 어서 옵쇼, 어서 와, 어서 오라니깐 비닐 장판은 너무 미끄러워 미끄러지고 미끄러져 끝내 뒤집지 못한 등딱지 아래 구더기가 슬고 진물이 흐르고

그래서 아침에 눈을 뜨면 일부러 몸을 뒤집어 본다 방의 이 끝에서 저 끝까지 데굴데굴 구르며 뒤집는다 뒤집고 뒤집고 뒤집으며 비로소 안도한다 천장이 보이고 창문

과 커튼이 보이고 푹신한 이불이 보인다 밤새 입가에 흘
린 버캐를 모아 밥을 지으러 간다 보글보글 밥물이 끓으
면 찜솥에 나란히 누운 게의 등딱지를 떼고 불면처럼 흥
건히 고인 시즙을 맛보며

●게의 거품으로 밥을 짓는다: 백석의 동화시 「개구리네 한솥밥」 중에서.

매달린 것들 2
—빨래의 자세

베란다에 빨래가 순교자의 자세로 매달려 있다

묽은 피와 고름을 다 짜내어 너덜너덜해진 살갗 위로
오후의 햇살이 긴 창처럼 찔러 온다

유리창 너머 빈 가지가 흔들리고
찢어진 현수막이 부르르 몸을 떨고
솟구친 비닐이 바람의 수화로 거듭 피어날 때

고드름이 아스팔트 위로 투신하며
찰나의 찬란함에 빛날 때

이제 물끄러미 바라보는
몸이 기억하는 맹렬한 춤

솔기의 안쪽에 날개를 뜯어낸 흔적이 있어
가끔씩 밀려오는 환상통

이곳의 중력은 유난히 무거워
바람도 돌의 무게를 갖는다

공기는 발목 근처에 고여 느릿느릿 묽어지고
어항 밖의 부레처럼 고요히 헐떡거리고

마침내 잘 마른 몸이 내려졌을 때
손바닥의 성흔처럼 어깨와 소맷부리에 생긴
집게의 잇자국, 오래 아프다

우는 사람이 없다

유희경 시집에서
우는 사람과 입을 맞추는 기분이라는
구절을 읽고 우는 사람이 보고 싶어진다
우는 사람을 언제 보았나
내가 언제 울었던가
아침에는 누군가 복도에서 고래고래
소리를 질렀다
야, 나와 이 새꺄 왜 전화 안 받니?
니가 니 마누라 늦게 온다고, 만나자고 전화하랬잖아
근데 왜 전화 안 받어? 내가 우습냐? 우스워?
선 몇 개로 얼굴을 그려 내듯
사건을 구체적으로 전하는 고함이지만
대체 몇 호의 사내인지 짐작할 수 없다
다들 현관문에 귀 대고 숨죽여 웃고 있는지
문 열리는 소리 하나 없고
이제 우는 사람이 없다
여자가 떠나자 모두 소풍 가방을 메고 나선다
붕대가 풀리듯 벚꽃은 흩날리고
흩날리는 벚꽃 아래 이—
편한 세상 하고 사진을 찍는 사람들

따라 해 봐 이— 편한 세상 이—
편한 세상엔 우는 사람이 없다
어디 우는 사람 없어요?
저기 끌려가는 아이가 있다
연신 뒤돌아보며 저거 사 줘, 저거
애 좀 봐, 돈 없어 빨리 가자
아이는 발버둥 친다
옳지, 울어라 울어
세상이 떠나가도록 울어라 울어
세상에 막 태어난 것처럼
힘차게 울어라 울어
자꾸 그러면 너 놓고 갈 거야
앙칼진 으름장에
아이는 갑자기 떨어진 꽃잎처럼 풀이 죽는다

아, 이제 우는 사람이 없다
맥이 풀려 어디 앉고 싶은데
그러니까 저 벚꽃 그늘 아래 꽃구경하는 시늉을 하고
폭삭 주저앉고 싶은데
그때 꼬리 잘린 고양이 한 마리가

야옹야옹 울며 울며 지나가는 것이다
이제 우는 사람은 없고 우는 고양이만
우는 고양이에게 입 맞추는 소리만 온 사방 천지에

제3부

겨울나무 이름표

느릅나무, 졸참나무, 서어나무, 상수리나무, 신갈나무가 겨울엔 그저 나무다 수피를 보고 이름을 알기는 어렵다 잎을 떨군 나무는 토르소처럼 단순해져 무슨 나무가 아닌 그냥 나무가 된다 구별할 수 없다 겨울 숲의 나무는 무연고 봉분 같다 봉분 위의 억새처럼 불분명하게 중얼거린다 이름표를 떨군 나무, 이름이 지워진 나무, 그냥 나무

그냥 나무가 한 그루, 두 그루, 세 그루, 열 그루, 백 그루 백 그루의 겨울나무가 천 개의 속눈썹 마스카라를 지우고 만 개의 손을 일제히 흔든다

백 그루의 겨울나무 사이에 네가 보인다 긴 머리를 흔들며 나무의 이름표를 줍고 있다 낯설고도 낯익어서 그 얼굴이 한낮에도 어스름 같다 어스름 같은 얼굴로 나무의 이름표를 줍고 있다 무연고 봉분 위에 올려놓을 이름표 이름표가 있어야 고봉밥을 먹을 수 있다 숨통을 틀 수 있다 나무들 사이에서 네가 이름표를 달아 주고 있다

기슭

—

빠르게 달리던 것들은 왜 기슭에 닿으면 순해지는지
언덕을 타고 내려오던 바람과
바람을 타고 달리던 수원지의 물살이
손등을 핥는 개처럼 기슭에 엎드려 헐떡이고 있다

몇 마리의 개가 마당에 떨어진 대추꽃을 돌아보며 짐칸
에 태워지고
그 대추나무 아득히 물에 잠기고
이것은 한 세대의 종말, 아니 시작
그러니까 일엽편주로 호수를 건너온 달빛이 몸을 숨기
는 곳
나는 그늘로 숨어드는 달빛을 끌어당겨 낙엽 북데기로
덮어 주며
생의 가장자리로 밀려온 것들을 물끄러미 바라보는데
나뭇가지, 스티로폼 조각, 흙 속에 반쯤 파묻힌 검정 비
닐, 페트병과 병뚜껑, 이름이 지워진 실내화, 부서진 볼펜,
마스크, 플라스틱 손잡이, 종종걸음의 새 발자국 같은 것

이제야 말하는 거지만
달밤에 배를 띄워 호수 가운데로 들어가면

호수의 가장 깊은 곳에도 달이 뜬다던데
그게 하늘의 달이 비친 것인지
호수 속에도 달이 뜬 것인지
대추나무에 돌이 끼워진 낡은 집의 삼십 촉짜리 전구가
아직도 깜빡거리는지
그 침침한 불빛 아래 누군가 밤새워 길고 긴 편지를 쓴
다는데

운이 좋으면
대서양을 건너온 병 속의 편지처럼
물살이 밀어 올렸다 가만히 놓아준 유리병을 건져 올리고
그 컴컴한 내부를 오래도록 들여다보면서
물이끼에 새겨진 주소를 곰곰 읽어 가면서

봄, 만어사

가을에 만어사를 다녀왔으나
이 봄에 만어사를 다시 보네
이제 만삭으로 부푼 산협의 봄 안개를

일만 마리 물고기들이 물고기 새끼들이
어린 새가 처음 바람에 날개를 얹듯
물길 따라 일제히 날아오르는 것을
그 어린것들 뒤척이며 지어 내는
연둣빛 그늘 같은 것

그러면 홑치마처럼 비워진 몸이
쟁, 쟁, 쟁
금(琴)인 듯 슬(瑟)인 듯 박(拍)인 듯
저절로 익어 떨어지는
열매 같은 소리를 낸다네
다시 가을이 와 낙엽을 닮은
유선의 몸통 이끌고
난바다 거슬러 오기까지
옆구리 열고 안개를 게워 내
마침내 단풍 빛 눈을 감을 때까지

그러나 지금은 봄,

저 바다로 흐르는 안개 속에 푸득거리는

일만 마리 새 새끼 같은 은빛 비늘을 보네

군위 대율리 돌담마을

―

돌담은 옛집보다 오래되었다

지붕에 내려앉은 햇살의 무게로 잔뜩 기울어지거나
허물 벗은 매미처럼 우화등선한 집들

그 빈터에
어수선히 돋아난 바랭이들이
두 손 가득 씨앗 움켜쥐고
어느 바람 앞에 활짝 펼쳐 보여야
담 넘어 세상으로 흩어질지 가늠하고 있다

돌담과 돌담은 강물처럼 이어지고
돌담은 바다로 가는 은빛 숭어의 비늘을 닮았고
비늘을 덮는 능소화, 접시꽃, 덩굴장미들
저 미혹의 윤판에 눈을 다쳐
나는 환형(環形)의 미로 어디쯤을 헤매고 있는지

부림 홍씨 고택 높은 대문과
어느 집 앞 아직 푸릇푸릇한 돌배나무가
되돌아 나오는 이정표가 되어 주었다

비신대 꼭대기에 오리 한 마리 앉은 까닭 비로소 알겠다
둥글게 이어지는 골목을 내려다보는
저 조감(鳥瞰)의 날렵한 눈을

●비신대: 돌담마을 들머리에 세워진 솟대.

붉은토끼풀꽃

하바로브스키 언덕의 신한촌 기념탑
우뚝 솟은 세 개의 대리석 기둥 보고 온 날
숙소 울타리 옆 가득 핀 붉은토끼풀꽃 본다
시차는 한 시간 비행거리는 세 시간
계절은 시간을 거스르며 한 달쯤 낮은 포복으로 와서
무릎과 팔꿈치에 잡힌 물집 같은 꽃이
여름의 한복판에 피었다
안개비가 종일 물집을 어루만져도
붉음, 묽어지지 않는다
풀어지지 않는다, 빗속에 귀 세우는 슬픔도
한인들 몰아내고 터만 남은 폐허를
피고름처럼 덮은 저 세 갈래 둥근 잎의 꽃
라즈돌리노예역에서 마른 풀줄기 같은 철로를 따라
우즈베키스탄으로, 카자흐스탄으로, 키르기스스탄으로
중앙아시아 초원을 가르는
지나온 길은 하나 갈 길은 세 갈래
휘어진 길은 세 갈래 돌아갈 길은 하나
여기가 거기였다고
여기 붉은토끼풀꽃처럼 오글오글 모여 살았다고
좁은 역사에 그날 아침 나누어 먹은

마지막 쌀밥처럼 모여 있다
그렇게 덜컹거리며 쫓겨 갔다고

레닌공원의 비둘기

공원엔 비둘기가 있어야 제맛이다
아이와 연인들 앞에서 느릿느릿 시간을 쪼다가
자기 영토를 순회하는 황제처럼
이따금 생각난 듯 광장을 한 바퀴 돌다
청동 가로등의 순수비 위에서 신민을 굽어보는
이른 아침 하늘빛 닮은 비둘기들 있어야 제맛이다
그래서 비둘기 대신 끊임없이 내리는 순례자들로 가득
찬
관광버스 주차장이 되어 버린 광장을
레닌, 당신은 애써 외면하며
손을 들어 저 먼 곳을 가리키고 있다
우리는 레닌처럼 꼭 끼는 조끼와 헐렁한 프록코트를 입
은 남자와
깔깔대며 사진을 찍는다
그의 가슴엔 자본주의의 빨간 꽃이 달려 있다
레닌을 흉내 내는 그처럼
우리도 쭉 팔을 뻗다가
손끝이 가리키는 먼 곳, 저 먼 곳을 본다
몸은 두고 날개만 가 버린
그 날개, 쉴 곳 찾아 유령처럼 떠도는 곳

밤에는 슬그머니 동상의 어깨에 내려와 앉는다는
레닌공원엔 레닌, 당신이 마지막 남은 비둘기다

운문사 사리암엔 사리가 없다

내비게이션에 사리암을 치니
여덟 군데의 사리암이 나왔다
부처님은 몸을 허물어 사방팔방 공평하게 나눠 주신 걸까
운문(雲門), 구름의 문을 지나
산의 이마에 자리 잡은 사리암
물관의 길을 따르다 비로소 만나는
우듬지의 저 연둣빛 봉오리

길 끝의 해탈교는
이미 감각을 잃어 내 것 아닌 듯한 다리에 대한 은유다

그러나 온 힘으로 오른 저 법당에 부처도, 보살도
아, 한쪽 벽마저 없다
사리암에 사리도 없다
오직 무상의 빛 일렁이는 법당
저 빛의 방향에, 백팔 배의 정수리 그늘에
사리가 있을까

사리가 어디 있냐는 물음에
학승인 듯 앳된 비구니는 눈을 크게 뜨고

그 사리(舍利)가 아니고
삿된 마음과 이별이라는 이 사리(邪離)라고
사리를 붙들고 여기까지 왔는데
그 사리마저 놓아주라는 말씀

소원을 빌며 소원을 놓아 버리고
욕망을 말하며 욕망을 던져 버려라

나무 끝에서 환한 새순 틔우고
뿌리의 어둠으로 되돌아가는
수액, 맛과 색을 지워 나무의 속살과 구별 안 되는

넘쳐나는 파랑

파랑은 식탁에서 넘쳐났다
파란 접시에 등 푸른 청어가 얹혀 있다
청포도가 파란 봉지에 들어 있다
벽에 걸린 나자르 본주가 파란 눈을 뜨고 있다
눈 속에 바다를 가두고 있다
텔레비전을 켜자마자 풀려난 바다가 거대한 눈동자를
깜박거린다
밥을 먹다 말고 눈동자에 빨려 든다
눈동자는 파랑으로 넘쳐난다
파랑은 파랑(波浪)을 일으키고,
범고래가 솟구치고
파랑(波浪)은 파랑을 낳는다,
청어 떼가 파랑에 갇힌다
파랑은 팔 없이 추는 춤이다
파랑은 맹목의 우울이다
우울의 그물에 갇혀 청어 떼는
자기 꼬리를 잡으려는 뱀처럼 빙글빙글 돈다
파랑이 파랑을 쫓는다
파랑이 파랑의 그물을 찢는다
하늘이 쏟아지듯 범고래의 아가리로

파랑이 빨려 들어가고
갑자기 평화가,
바닥에 가라앉는 무수한 비늘처럼 찾아온다
나자르 본주의 눈꺼풀이 떨린다
식탁 위에 넘쳐나는 파랑
청어의 뼈를 바르고
파란만장 뒤의 달콤한 평화를 먹는다, 완벽하게

●나자르 본주: 유리에 푸른 눈이 그려져 있어 재앙을 물리친다고 하
는 터키의 부적.

모노 파톨로지스트

―

그는 길을 발굴하는 사람
무덤을 열고 순장된 뼈를 추려
허벅지 안쪽의 금 간 어둠을 읽어 내듯
짐승의 발자국과 물의 흐름을 읽고
사구의 변화와 별자리의 배열을 읽는다
돌을 고르고 관목을 베어 낸다
그는 잠든 길을 깨워 새벽길을 걷게 하는 사람

길의 어금니에는
항아리에 담긴 스페인 금화 같은 이야기가 묻혀 있을 것
이다
늑골 밑엔 왕국의 비밀이,
말라 버린 심장 안에는 별의 씨앗이 잠들어 있을 것이다
그는 이야기를 찾는 사람

풀려난 이야기는 초록뱀처럼 내 방으로 스며들어
귀를 깨문다
나는 짐승의 말을 알아듣는다

―

그는 풀숲과 언덕을 지나, 사막을 건너, 고원과 설산을

넘어, 평원을 가로질러 내게로 온다

  낙타 등을 타고 온다

  길이 발굴되었다

  길고 긴 이야기가 다시 시작되었다

꽃 진 자리

건너 산기슭에 살구꽃 만개했다
꽃그늘 잔치 마당에 앉아 보리라 기다리는데
어정쩡 늦은 출발에
봄은 사정없이 초록의 길로 내달리고
허둥지둥 도착한 자리에 살구꽃은
꽃송어리 이미 허물어 사방 흩뿌리고
꽃 진 자리 불그레한 상처를 보여 준다

잠시 잠깐의 만화방창 뒤
낭자한 고수레 인심은
제 가슴 털 뽑아 둥지를 짓는 새 같은 것
스스로 꽃잎의 앙가슴 뜯어내 열매의 자리 만드는
꽃이 내어 준 비단 방석의 자릿세는
독하게 비싸고 아름답다

올해 꽃 마중 이리 늦어졌으니
내 저 옹근 열매를 위해 신호 하나 준비해야 한다
물처럼 고요하게 가라앉은 어느 여름 저녁
옹이 뒤에 감춰진 붉은 버튼 눌러
세상 모든 열매에 불을 밝혀야 한다

손가락 끝 환히 타들어 가는 아픔 견디며
젖꼭지 같은 화점 오래 누르고 있어야 한다

장지 가는 길

장지 가는 길에서 마주 오던 차를 만났다
길은 종일 내리는 비처럼 좁다
멀뚱히 바라보던 앞차가
결국 주춤주춤 뒤로 물러선다
빗속에서도 저 차는 죽음의 냄새를 맡은 걸까
비처럼 죽음이 일방통행이라는 걸
불현듯 깨달은 걸까
가까스로 열린 저 좁은 통로
시간 지나면 저절로 닫히는 자동문을 지나듯
차는 서둘러 통로를 빠져나간다
차마 놓지 못하겠다고 그렁그렁 매달리던 손들이
이제는 흙탕에 빠진 차를 밀듯
일제히 죽음을 죽음 쪽으로
급전직하, 쪽으로 온 힘을 들여 나르고 있다

빙매(氷梅)

　매화를 이루는 매양 매(每)에는 탐하다는 뜻이 있다 매화는 봄을 탐하여 피는 꽃이다 채 건너오지 못한 봄을 맞으려 가지 끝 휘어지게 부푼 꽃숭어리는 매화의 과욕이다 성급하게 피어 찬바람을 견디는 매화의 손끝이 붉다 갑자기 영하의 추위가 할퀴어 매화는 얼굴을 묻고 얼어 버렸다 몇 차례 얼고 녹은 끝에 아예 미라가 되어 버렸다 다른 꽃들이 가만히 피었다 꽃잎을 떨굴 때 매화의 미라는 여전히 웅크린 태아의 자세다 그 품에 무엇을 감추었는지 알 길이 없다 만개한 봄이 만장(輓章)을 준비하며 분주할 때 매화는 비로소 고목의 단애를 뛰어내린다 매화가 탐한 것은 봄이 아니라 저 아득한 높이다 매양 매에는 한결같이란 뜻도 있다 매화는 날마다 낙화의 자리를 고른 것이다 피는 꽃은 보기 쉬워도 지는 꽃은 찾기 어려운 것은 매화는 늘 절정이기 때문이다

●피는 꽃은 보기 쉬워도 지는 꽃은 찾기 어렵다(花開易見落難尋):『홍루몽』에 나오는 시의 한 구절.

벽과 뼈

벽은 뼈와 닮았다 뼈가 동물의 몸통을 지탱한다면 벽은 건물의 몸을 지지한다 뼈가 척추동물과 무척추동물을 가르는 기준이라면 벽은 방 안과 밖을 가르는 가림막이다 내장과 살이 썩어 사라져도 뼈는 화석으로, 흔적으로 살아남는다 지붕이 헐리고 마루가 뜯겨도 벽은 꿋꿋이 남아 있다 철거 반대라는 붉은 글씨를 쓰고, 연극 포스터와 전세 있음, 강아지 찾습니다라는 종이를 붙이고, 가까이 오지 마, 죽여 버릴 거야 칼을 들고 위협하는 마지막 갱단처럼 유리와 철심을 박거나 문신을 한 채로 저항한다 그리고 담쟁이와 환삼덩굴이 흉터를 가리는 손처럼 부드럽게 그 위를 덮는다

화면에 비친 모술 시가지엔 허물어진 벽만 남았다 제단과 기둥만 남은 신전처럼 벽은 기억이다 골판지를 깔고 드러눕는 노숙의 밤에 어떤 이는 남은 판지로 벽을 둘렀다 벽은 자존심이다 시간의 더께가 쌓여 산을 이룬 곳에서 우리가 관목과 사토를 걷어 내고 만나는 것은 벽의 흔적이다 인간이 금 간 척추를 기대는 또 다른 척추

뼈와 가시 사이 부레는 공기를 머금고 물고기를 수면으

96

로 끌어올린다 하늘과 구름이 보인다 벽은 유리창과 문을
만들고 빛을 초대한다

●모술: IS가 점령했던 이라크의 도시.

공을 통통 튕기며

공을 통통 튕기며 걷네
골목길 담 너머로 꽃들이 저녁밥처럼 몽글몽글 피어
있네
강아지와 여학생과 자전거가 지나가고
내 공은 앞서가다가 우체국 앞에서 통통통
잠시 나를 기다리느라 멈춰 서기도 하는데

주머니 속에 든 파란 구슬, 무지갯빛 풍뎅이, 생일 초대
장이 써진 색종이
가장 길었을 때의 머리카락
모두 우체통에 넣고 가자
병 속의 편지처럼 오랜 뒤 누군가에게 도착하도록

나는 공을 튕기며 폐목이 널브러진 공터와
구불구불 녹슨 골목을 지나
아이들이 일제히 종이비행기를 날리고 있는 운동장으로
가네
비행기는 탱자나무 가시에 색색의 꽃들처럼 걸리고

플라타너스 아래 서 있는 키 작은 아이

나를 닮은 아이야
이리 와 내 공을 하늘 끝으로 던져 주렴
저녁 해가 떠오르는 곳으로
아주 오래된 꿈속으로

제4부

산수유꽃
—창궐

이건 위험한 꽃이다 층층나뭇과의 이 꽃은 층층이 폭약을 달고 있다 나비의 날갯짓이 난바다 건너 회오리가 되듯 이른 봄, 고치를 비집고 나온 노랑나비가 햇살에 날개를 말릴 때 잠시 부르르 몸을 떨었을 뿐인데 격발되었다 꽃의 프랙털이 순식간에 산 전체를 점령했다 우주의 불꽃놀이에 잠시 잠깐 눈이 멀었다 맹목의 바이러스가 쏟아진 것이다 목이 얼얼한 화생방을 견디며 노란 바닷속으로 자맥질한다 비틀스가 노란 고래를 타고 마중을 나왔다 이건 페퍼랜드로 가는 잠수함 프로펠러가 노란 바람개비처럼 돌아간다 아이들이 노래를 부르며 노란 장화를 신고 노란 우산을 쓰고 노란 레고 마을로 줄지어 간다 바닷물을 들이켠 목이 아프다 감염이 불러일으키는 치명적인 환상통, 이건 위험한 창궐이다

●페퍼랜드: 애니메이션 「노란 잠수함」에 나오는 바닷속의 낙원.

폭염

폭염 속에 축 늘어진 것들
개의 혓바닥처럼 헐떡이며 부는 바람
찢어진 커튼 같은 칸나의 잎
비틀거리며 걸어가는 민소매 어깨 둘
그들 어깨는 탈골된 듯 덜렁거리지
간판들만 하얗게 이빨을 드러내며
적의를 불태우지
그러니 폭염 속에서 우리는 겸손해야 해
고개를 숙이고 낮은 곳을 골라 디뎌야 해
연일 사십 도 가까운 폭염에 고가도로 아스팔트가 끓고
아스팔트가 자동차 바퀴를 붙잡았어
바퀴를 잃은 자동차는
아주 낯선 곳으로
바퀴가 필요 없는 세상으로 굴러갔지
진물이 흐르는 주검에 남은 이빨처럼
알루미늄 가슴의 바퀴가 누워 있어
아스팔트가 바퀴를 녹이고 있어
물컹한 바퀴를 탐욕스레 삼키고 있어
우리는 아무도 밖에 나오지 못해
창문 너머로 커튼을 조금 들추고 숨죽여 바라볼 뿐

검은 길이 나사못 몇 개를 생선 가시처럼 뱉어 내는 것
거기 고양이 털 뭉치가 납작하게 붙어 있는 것
시멘트 벽과 전봇대가 번쩍이는 의수를 들어
천천히 바람의 목을 조르는 것을

서쪽, 종일 나쁨

뉴델리에선 도심에 매달아 놓은 하얀 인공 폐가
열흘 만에 까맣게 변했다고 한다
뉴델리, 뉴 데일리
어쩌면 새로운 나날은
콧구멍을 간질이는 미세먼지와 함께
기관지를 쓰다듬는 끈적한 타르와 함께
허파꽈리를 쭈그러뜨리는 뜨거운 공기와 함께

어제는 공원에서 솜사탕 파는 할아버지를 보았네
솜사탕 틀이 빙빙 돌면
설탕은 실처럼 풀어지고 구름처럼 뭉쳐지지
반짝거리는 솜사탕을 베어 물면 발끝이 둥실 떠오를 것
같지
오늘은 유리창 너머로
먼지들이 솜사탕처럼 뭉치는 것을 보네
지구가 커다란 솜사탕 틀이었음을
혀를 내밀면 공기에 단맛이 나는 건 아닐까
우리는 고장 난 폐 대신 썩은 이빨을 갖게 될 거야
동굴처럼 깊게 파인 이빨을
그리고 가슴엔 검은 꽃다발을 들고

자, 웃어요, 찰칵

그다음 우리는 방독면을 쓰고
나무젓가락 같은 마천루 꼭대기에 걸터앉아 있겠지
거기에서 블리자드가 부는 것을 바라보겠지
태양을 밀어내며 위풍당당하게 다가오는
서쪽 마녀의 구두코, 부푼 치마, 펄럭거리는 망토
거대한 솜사탕을

보이지 않는 것들

웰스는 투명 인간에게 옷을 입히고 마스크를 씌웠다
발자국과 핏방울에 단추가 채워졌다
보이지 않던 것이 비로소 보였다
석관에서 나온 미라 같았다
보이지 않는 것이 보이려면 보이는 것에 기대어 흔들
려야 한다
가령 보이지 않는 바람은 나뭇가지에
빨랫줄에 흙먼지에 보인다 흔들리며 보인다
안 보인다 보이다가 안 보인다
보이지 않는 것이 우리를 흔들었다 보인다
사람들에 가려졌던 스페인 광장의 바닥이
베네치아 수로의 물줄기가
성 베드로 성당의 벽돌들이
야생의 퓨마가 어슬렁거리고
담을 넘어 염소들이 몰려다니고
백 년 만에 돌고래가 돌아왔다
사람들이 우리에 갇혀 있을 때
마른풀을 씹고 있을 때
보이지 않는 것 때문에 보이게 된 것
보이지 않는 것은 보이는 것으로 보인다

보이지 않는 것 때문에 사람들은 창가에 섰다
오랫동안 노래를 불렀다
구름과 새가 심장을 관통한다

●허버트 조지 웰스: 『투명 인간』의 작가.

공원

—마스크

—

자전거를 타는 아이들이 야무지게 마스크를 쓰고 있다
애초에 마스크를 쓰고 태어난 것처럼
저것은 이제 벗을 수 없는 피부다
산도(産道)를 빠져나오다 세게 부딪힌 입술에 푸른 멍이
덮였다

사람들은 여기저기 마스크 씌워 주기를 좋아한다
개와 고양이, 원숭이, 너구리가 마스크를 쓰고 사진을
찍는다
어제보다 살찐 비둘기가 마스크를 물고 종종걸음을 친다

팬지꽃과 화살나무 울타리가 마스크를 썼다
아스팔트와 잔디도 이제 마스크를 쓰고 자란다

라벤더 향기가 나는 손 세정제 근처에
벌 한 마리가 잉잉거린다
마스크는 향기를 지우고 울음과 웃음과
목소리를 지워 잘 깎은 풀처럼 고루 평등하다

—

마침내 장미도 마스크를 썼다

주름진 데스마스크 속에 빨간 목이 꺾여 있다

연못 가운데 수련만 물의 벽을 쌓고
오래 격리 중이다
궁리 중이다
어룽거리던 햇살의 금줄이 걷혔다

비로소 맨얼굴이다

기이한 시간

고속도로 위에 차들이 길게 늘어선 시간이다
주변이 온통 흰 차와 검은 차들뿐인,
시간이 멈춘 것 같은 시간이다
하늘마저 흐려서 흑백사진 속 풍경 같은 시간이다
풍경이 풍경을 낳고
풍경이 또 다른 풍경을 낳아
바둑판처럼 얽힌 시간이다
흰 차와 검은 차들이 바둑알처럼 둘러싼 시간이다
주술이 풀리듯 길이 풀릴 때
물컹, 파편을 밟고 지나갈 때
어느 돌이 단수(單手)를 치고 활로를 막았을까
막다른 골목에 몰린 돌이 그것을 튕겨 냈을까
길 밖으로 굴러떨어진 흑과 백의 모서리를
그러나 스치듯 지나쳐 가는 시간이다
그날의 풍경이 바위 위에 새겨진 고대의 바둑판처럼 잊
히지 않는
환영과 예감이 교차하는 시간이다

그 기이한 시간을
이제 길 위에서 다시 만난다

흑과 백의 마스크를 쓰고 다니는 사람들 사이에서
마리오네트 인형들처럼 비틀거리며 걷는
무표정한 얼굴에서

물의 집에 살아요

─

식물 공장을 아시나요

상추 공장, 오이 공장, 딸기와 토마토, 고추냉이와 치커
리 공장을

아시나요, 인형의 머리칼을 심듯

네모난 키트에 심어진 보리 씨앗이 자라요

흙이나 햇빛도 필요 없어요

눈부신 형광등과 스프링클러에서 촉촉이 뿌려지는 물
만 있으면

층층이 쌓아 놓은 배양기에서 반짝,

씨앗이 눈을 뜨지요

잘 차려진 배양액을 먹고 무럭무럭 자라지요

여긴 녹색 식물의 탑, 그린 타워예요

전등은 하루 종일 맑음

겨울 속의 찬란한 봄

구름 속의 달콤한 잠

물과 불, 공기와 흙은 이제 레코드판처럼 낡았어요

손톱 밑의 흙을 깨끗이 씻어 내고

찰랑찰랑 영양제를 신은 로메로를 먹으며

우리는 뉴타운에서 살지요

─   유리창마다 선팅지를 깔아 눈을 찌르는 햇살을 막고

샹들리에 아래 음악처럼 봄이 흐르는 여기는

상춘의 초원

물속의 정원

그림자의 숲

한가한 날엔 잠망경으로 밖의 동향을 살펴요

버드나무 꽃가루가 날아다니고

마스크를 쓴 사람들은 일식이 일어나는 하늘 아래서 계속 재채기를 하네요

이건 모두 흙의 탓

해묵은 꿈을 꾸게 하는,

손발에 달라붙는,

뜨겁거나 서늘한,

흙 흙 흙, 흙을 밟을 일 없으니 우리는 안전해요

꺼풀 없는 눈동자가 온종일 보살피니 우리는 평화로워요

링거액에서 자란 연하디연한 샐러리를 씹으며

스트렙토마이신으로 샤워를 하는 우리는

궁굴리다

방충망에 붙어 남은 울음을
마지막 한 방울까지 쏟아 내던 쓰르라미
마침내 모두 비우고 절명했는지
사나흘 그대로 붙어 있다가 홀연 사라졌다
소리도 무게가 있어서
소리를 비워 낸 몸이 비로소 바람을 받아들인 게다

이것은 어느 한 경지에 뛰어들어 본 흔적

유리창을 머리로 들이받으며
한사코 안으로 들어오려던 새를 본 적도 있다
불빛에 뛰어드는 나방같이
우리도 가끔 허방에 뛰어들지 않는가

발이 허공을 밟고 미끄러져
복숭아뼈가 복숭아처럼 부풀어 오르던 날
마루 끝에 앉아 생각을 궁굴리다
나는 부추꽃에 저리 고요히 앉은 나비의 이름이
왜 유리창떠들썩팔랑나비인지 비로소 알았다
어린 새의 헐떡거림과 퍼덕임과

쓰르라미 울음이 가닿은 곳이 어디인지를

담채화

—

창밖의 저 하늘은 담청의 화선지를 닮았다
구름이 몸을 바꾸며
운두, 우모, 피마의 준법을 부려
평원의 양 떼와 둥근 바위와 첩첩의 산협을
거침없이 펼쳐 보인다

어느 날은 빛바랜 장삼을 걸쳤다
길고 푸른 번개가 장삼 찢는 소리를 내며
직벽의 물길을 연다
하얀 무지개는 깊이 모를 소를 빠져나온
물의 목에 걸어 주는 화환이다

또 어떤 날은 담홍의 물감을 풀어
천 리 꽃길을 내었다
금잔화명자꽃백일홍협죽도붉은인동합환화
꽃을 밟고 누가 오시는가
황혼의 고요에 귀는 종잇장처럼 얇아지고
그런 날은 묵청 비단 치마 귀퉁이에
달과 별의 낙관을 선연히 찍어 놓기도 했다

—

유리창에 입김을 불고

유리창에 입김을 불 때
그러니까 아주 추운 날에
추운 날일수록, 속엣것이 쏟아져
미끄러운 표면에 필사적으로 달라붙어 있을 때

달라붙어서, 피고름 같은 것이 갈빗살에
딱지를 만들며 굳어 갈 때

그때 하늘엔 수천 마리 새 떼들이
까마귀 떼들이
수묵화의 댓잎처럼 날아가고 있었다
먼저 소리가, 소리 떼가 날고
날개가 길고 긴 자국을 끌면서 날고

그런 날은 마음이 묵처럼 엉겨 붙어
유리창에 입김을 불고
손가락으로, 손바닥으로 그려 보는 것이다
별이랄지, 눈썹이랄지, 얼굴이랄지 그런 것들을
댓잎처럼 서걱거리던 오래전 발자국 소리에
가만히 입술을 대보는 것이다

묻어 둔 소리

묻어 둔 소리를 찾으러 가야 했다
임금님 귀는 당나귀 귀라고 말한 이발사의 소리처럼
목을 간지럽히던 소리는 강가에 억새로 돋아났다

저곳은 말의 목마장
하고 싶던 말이 떼로 몰려 있다
억새가 맨발로, 봉두난발로 무리 지어 있다

이른 봄의 강물과 억새는 서로 닮아서
하얗게 빛나고 반짝거리고 부서진다
급히 겨울을 빠져나오려 아우성치며 들뜬 몸을 부딪친
다

억새가 몸을 털자 소리가 쏟아졌다
구름이나 안개, 새의 날개 같은
저 소란스러운 소리의 덩어리 가운데 내가 묻어 두었던
소리를 찾을 수 없다

어떤 소리는 빠르게 멀어지고
어떤 소리는 물의 입자처럼 발끝에 떨어진다

흙을 헤집어 소리를 묻고
나는 그 소리를 찾으러 다시 이곳에 와야 한다

봄 강물에 소리의 씨가 떠가고 있다

급급하다

사각형 돌들을 박아 만든 주차장
돌과 돌 사이마다 풀이
잔디며 둑새풀이며 마디풀 같은 것이 빼곡하다
살고자 하는 것들 저리 허공 휘저어 그어 놓은 눈금
초록 분필로 그린 모눈종이 같다
빈틈없이 급급하다
땅을 고르고 돌을 놓을 때 어느 싹은
온몸 노랗게 되도록 벽을 긁다가
색을 거두고, 줄기를 거두고
한 점으로 오그라들어 깊이 단단해졌다
빛의 기억을 품고 지그시 어둠을 견뎠다
종일 내린 봄비가 햇살처럼 흘러넘칠 때
기억은 풍선처럼 부풀어
옆으로 옆으로 먼 길을 돌아 터져 나온다
돌과 돌 사이는 빈틈없이 급급하다

수화

버스에서 두 남녀가 수화를 한다
말이 하고 싶을 때 여자의 어깨를 톡톡 치는 뒷좌석 남
자의 손은
밀화부리, 부리를 닮았다
그러니까 저 둘은 한 쌍의 새다
깃털을 부풀리고 쪼고 다듬으며 구애의 춤이 한창이다
날아가는 새의 윤곽을 잡지 못하듯 날개의 행로를 풀
지 못하지만
때로 눈과 입술은 해석의 실마리다
청각장애인을 위해 투명한 마스크가 나온 것이 괜한 일
이 아니다
수화는 손이 아니라 온몸이 하는 말이다
그래서 행간을 읽듯 침묵의 소리를 잘 읽어야 한다
새들은 날개를 접고 내려앉았다
불에 쬔 잉크처럼 허공에서 지워졌던 발자국이 보인다
주먹 위에 다른 손이 빙글 춤을 추는, 내가 유일하게 아
는 단어
사랑한다, 사랑한다, 사랑한다
물 아래서 맹렬히 발을 놀리다 먼 길을 떠나는 새들이
잠시 부리로 깃털을 가다듬는 봄날이다

반복하는 시 쓰기

남승원(문학평론가)

생성의 감각

모든 것의 역사가 그렇듯 영화 역시 우연과 실수가 결정적인 역할을 했다. 뤼미에르 형제가 연 최초의 영화 상영회에 참석했던 조르주 멜리아스는, 시네마토그라프를 발명하고도 정작 영화의 발전 가능성이 전혀 없다고 봤던 그들과 달리 곧바로 프로덕션을 설립해서 발빠르게 상업영화를 제작한다. 필름 작업을 통해 편집이 가능하다는 것을 알아차린 멜리아스는 다양한 영화 기법을 개발하면서 성공을 거두는데, 이 모든 것은 촬영 중에 벌어진 카메라의 작동 오류 덕분이었다. 현실을 화면 안에서 반복하는 것으로 출발했던 영화는 아이러니하게도 그것의 불가능성 위에서 본격적으로 발전하게 된 셈이다. 영화 이전의 예술이 본질에 대한 믿음을 바탕으로 선형적 시간성 위에 그것을 재현해 왔다면, 영화는 이와 같은 재현의 가능성에 질문을 던졌다고 할 수 있다.

이 질문은 에이젠슈타인에 이르러 의미 구성 방식 자체에 변화를 가져온다. 잘 알려진 그의 몽타주 기법은 정보의 축적으로 완성되는 하나의 의미를 추구하는 것이 아니라 쇼트(shot) 간의 충돌로 인해 새로운 의미를 생성(becoming)하는 힘에 주목하게 만든다. 이는 곧 보편적이거나 이상적인 의미란 없으며 오직 차이(差異)만이 영원히 반복한다는 니체의 사유와 통해 있다. 차이와 생성을 강조했던 들뢰즈가 특히 영화에 주목했던 것 역시 이와 같은 맥락에서 이해하는 것이 가능하다. 그에 따르면 영화는 주어진 정보-이미지를 통합하는 것이 아니라 그것들 간의 충돌이 만들어 내는 방식이며, 따라서 파편화된 정보-이미지들로 인해 끝없이 생성된 차이와 틈을 통해 기존의 통합적 사유로서는 알 수 없었던 새로운 감각으로 우리를 이끈다.

시문학은 일상의 언어를 사용하지만 모든 일상적 의미 범주를 벗어나고 충격하는 방식의 시어로 재구축되어 있다. 따라서 이미지를 중심으로 하는 영화와 비교했을 때 시문학은 언어의 차원에서 우리에게 생성의 감각을 보여 준다고 할 수 있다. 따라서 시를 읽는다는 것은 의미 파악 여부와 상관없이 그 행위만으로도 일상을 지탱해 왔던 모든 것들에 균열을 도입한다.

틈의 상상력

송은숙 시인의 시집 『만 개의 손을 흔든다』를 통해 우리가 깨닫게 되는 모든 것들은 바로 앞서 말한 생성의 감각과 깊이 연관되어 있다. 시인은 일상적 상황에서부터 무심히 흘려보낸 역사적 시간, 그리고 전 지구적 감염병이 확산되고 있는 재난의 모습에까지 우리가 지금 경험하고 있는 현실적 국면들에서 시선을 거두지 않는다. 나아가 자신만의 감각을 통해 발견한 틈과 경계들에 주목하면서 우리가 몸을 맞대고 살아가는 일상 안으로 새로운 인식을 도입하고자 한다.

'틈'이란 말에는 ㅌ과 ㅁ을 가르는 ㅡ가 있다 나는 그것을 시라 부르겠다 그러니까 시는 장롱에 들어가 눕는 일이다 ㅡ는 이불과 베개 사이에 자리 잡은 어린 '나'이다 앨리스는 나무 틈새로 미끄러져 들어가 모자 장수를 만나고 나는 이불 사이에서 무수한 이불 같은 구름을 만들어 구름 나라 아이들과 논다 구름은 가볍고 따뜻하고 졸리다 그리고 눈을 떴을 때, 장롱 속에 웅크린 어둠이 등을 쓸고 지나가던 그 공포의 순간이 시였을까 그러니까 시는 틈새에 손을 집어넣는 것이다 그 손에 무엇이 닿을지 서늘한 어둠의 입자를 집요하게 살펴보는 일이다 바위틈에 자리한 새 둥지에 손을 넣어 알을 꺼낸 적이 있다 이불 틈에 넣어 둔 알의 두근거림과 내 심장의 두근거림이 마구 공명하던 어느 날이다 알은 날개를 갖지 못하고 내 심장은 죄책감으로 빨개졌다 그때 쏟아 낸 울음이 시였을까 문틈으로 눈을 대고 밖을 바라보는 일 다시 밖으로 나가 눈을 대고 안을 바라보는 일 밝음과

어둠은 함께할 수 없다 밝음 쪽에서 어둠과 어둠 쪽에서 밝
음을 서로 바라볼 뿐 눈이 시려 왔던 그 밝음과 어둠의 한나
절이 시였을까

— 「틈」 부분

현실에 대한 시인의 인식과 더불어 시에 대한 관점을 그
대로 드러내고 있다는 점에서 이 작품은 시집 전체를 대표
한다고도 할 수 있다. 시인은 첫 구절에서부터 '틈'이라는
단어를 내세우고 그 음운적 분석을 시작으로 이른바 '틈의
상상력'이라고 부를 수 있을 자신의 작업을 이어 간다. '벌
어져서 사이가 난 자리'라는 단어의 뜻을 구성하는 핵심 요
소를 모음의 형상적 측면에서 찾은 뒤, 곧 "이불과 베개 사
이에 자리 잡은 어린 '나'"의 형상으로 이어 가고 다시 그
행위의 의미 범주가 "앨리스"로 확대되는 과정이 경쾌하게
이어진다. 그리고 "바위틈에 자리한 새 둥지에 손을 넣어
알을 꺼낸" 어린 시절의 행위가 처음으로 도덕적인 각성을
하게 된 경험에 이르면 우리는 문득 보편적인 공감의 영역
에 들어서게 된다.

하지만 시구절들을 따라가면서 얻게 되는 정보의 내용
보다 주목해야 할 지점은 시를 "이불 사이"에 눕는 것, 또는
"틈새에 손을 집어넣는 것"이라는 진술을 통해 알 수 있듯
이 '틈' 그 자체와 '시'와의 인식론적 관계이다. '틈'이라는 단
어에서 "ㅌ과 ㅁ을 가르는 ㅡ"가 어느 한쪽의 의미를 결정
하는 것이 아니라 그저 자의적이고 느슨한 결합일 뿐인 것

처럼, 시인에게 시는 무언가를 선별하고 확정하기 위해 필요한 것이 아니다. '틈'에 주목하고 있는 시인의 시선은 먼저 일상적 의미망 위에 세워진 언어적 구축물로서의 시에 '틈'을 내고 이어서 일상적 의미를 따라 구성된 우리의 인식에 '틈'을 낸다.

이처럼 의미를 부여하는 행위에서 벗어나는 일은 흥미롭게도 어느 때보다 더 강하게 우리의 인식 안으로 시의 필연성을 끌어들인다. 장롱 속 이불 사이에 누워 보거나 새 둥지에 손을 집어넣는 어린 시절의 행위들이 뚜렷한 목적은 없었지만 다른 무엇보다 우리를 강렬하게 이끌었던 것처럼 말이다. 재미있을 듯 보였던 장롱 속에서 "공포의 순간"을 경험하게 되거나 또는 새 둥지를 건드려 결국 생명을 죽음에 이르게 만든 "죄책감"만이 남더라도 이는 모두 앞선 행위로 인한 합리적 결과는 아니다. 도덕적 인식을 가르치기 위해 새 둥지에 일부러 손을 넣게 하지 않는 것처럼, 우리의 행위와 인식은 자의적 관계이며 결국 그 관계 속에서 발견된 '틈'과 그 '틈'이 불러일으키는 행위만 반복될 뿐이라는 사실이 보다 중요해진다.

> 빠르게 달리던 것들은 왜 기슭에 닿으면 순해지는지
> 언덕을 타고 내려오던 바람과
> 바람을 타고 달리던 수원지의 물살이
> 손등을 핥는 개처럼 기슭에 엎드려 헐떡이고 있다

몇 마리의 개가 마당에 떨어진 대추꽃을 돌아보며 짐칸
에 태워지고
　그 대추나무 아득히 물에 잠기고
　이것은 한 세대의 종말, 아니 시작
　그러니까 일엽편주로 호수를 건너온 달빛이 몸을 숨기는
곳
　나는 그늘로 숨어드는 달빛을 끌어당겨 낙엽 북데기로
덮어 주며
　생의 가장자리로 밀려온 것들을 물끄러미 바라보는데
　나뭇가지, 스티로폼 조각, 흙 속에 반쯤 파묻힌 검정 비
닐, 페트병과 병뚜껑, 이름이 지워진 실내화, 부서진 볼펜,
마스크, 플라스틱 손잡이, 종종걸음의 새 발자국 같은 것
　　　　　　　　　　　　　　　　　　　—「기슭」 부분

　시인이 시선을 멈추고 있는 곳인 '기슭' 역시 '틈의 상상
력'이 만들어 낸 자리라고 할 수 있다. 시인은 "빠르게 달
리던 것들"이 자신의 속력을 잃기도 하고, 대립적 힘을 따
라 존재하던 '바람'과 '물살'이 서로의 힘을 낮춘 채로 "개처
럼 기슭에 엎드려 헐떡이고 있"는 장면을 목격한다. 이처럼
'기슭'은 서로 다른 두 공간이 만들어 내는 경계이면서, 두
공간의 의미를 확정해 왔던 본질적 성질들이 뒤섞이고 무
화되는 곳이다. 그렇지만 각각의 의미들이 부딪치고 갈등
하기보다 자신의 특성과 의미를 잃지 않으면서도 혼재되어
있는 공간이기도 하다.

그 공간을 통해 들여다본 우리의 삶은 때로 "몇 마리의 개"를 희생시키면서 살아가야 할 정도로 냉혹하기도 하지만, 그 치열했던 삶의 현장도 새로운 삶의 기준 앞에서는 "아득히 물에 잠"겨 버려야 하는 대상일 뿐이다. 우리가 중요하게 생각하는 삶의 가치나 의미들에 대해서 몰입하게 될 때는 사실 다른 기준이 존재하는 세계에 가장 무관심해지는 순간과 다르지 않다. 자신의 기준이 만든 세상 안에서라면 그 바깥에 있는 모든 것들이 자신도 모르게 배척의 대상이 되는 것이다.

'기슭'에 서 있는 시인의 눈을 통해 밝혀진 우리의 모습은 이와 같다. '종말과 시작'을 동시에 인지하는 시인을 통해 우리가 알게 되는 것은 하나의 기준을 세우기 위한 모든 노력들이 결국 다른 곳에서 기능하는 또 다른 기준 앞에서 속수무책이라는 사실뿐이다. 이처럼 '기슭'에는 우리가 믿고 따라왔던 기준이라는 것이 하나만 존재할 수 없으며, 언제나 유동적이라는 사실만이 떠내려오는 "생의 가장자리"이다.

그곳에 서서 그것들을 "물끄러미 바라보는" 장면은 인상적이다. "나뭇가지"에서 시작해서 "스티로폼 조각, 흙 속에 반쯤 파묻힌 검정 비닐" 등과 마지막으로 "새 발자국"에 이르기까지 일상적 기준에서라면 이와 같은 "밀려온 것들"은 쓸모를 다하고 그 의미를 잃은 것들, 또는 본질의 흔적에 불과한 것들이다. 그런데, 그것들의 이름을 하나하나 호명하는 행위만으로도 대상을 처음 마주한 순간으로 되돌아가는 느낌을 받게 된다. 정작 우리의 기준에 맞추어 유용하게 사용하던 그 어떤 때보다도 말이다. 이는 결국 정해진 기준을 통해서 대상을 바라보던 우리의 고정된 인식이 풀려나고 자유로워진 '기슭'에서 가능한 일이라고 할 수 있다.

시집 『만 개의 손을 흔든다』에는 이와 같은 시인 특유의 상상력이 유감없이 드러나 있다. 가령 「수련의 귀」와 같은 작품에서 시인은 "물의 표면"에 있는 '수련'에 집중하면서 대상의 경계적 위치를 발견해 낸다. 그리고 "물 안쪽의 소리"와 "물 밖의 소리" 모두를 향하고 있는 수련의 위상학적 인식에 대한 깨달음은 시인을 그렇게 만든 것처럼 우리 역시 어느 한쪽에 대한 판단을 거두고 "물의 안과 밖을 물끄러미 바라보"게 만들어 준다.

사각형 돌들을 박아 만든 주차장

돌과 돌 사이마다 풀이

잔디며 둑새풀이며 마디풀 같은 것이 빼곡하다

살고자 하는 것들 저리 허공 휘저어 그어 놓은 눈금

초록 분필로 그린 모눈종이 같다

빈틈없이 급급하다

땅을 고르고 돌을 놓을 때 어느 싹은

온몸 노랗게 되도록 벽을 긁다가

색을 거두고, 줄기를 거두고

한 점으로 오그라들어 깊이 단단해졌다

빛의 기억을 품고 지그시 어둠을 견뎠다

종일 내린 봄비가 햇살처럼 흘러넘칠 때

기억은 풍선처럼 부풀어

옆으로 옆으로 먼 길을 돌아 터져 나온다

돌과 돌 사이는 빈틈없이 급급하다

— 「급급하다」 전문

　시인이 바라보고 있는 '주차장'을 통해서도 마찬가지로 새로운 인식에 도달할 수 있게 된다. 처음부터 우리는 이 공간의 목적이나 용도에 필요한 "사각형 돌들"보다는 역시 "돌과 돌 사이"에 시선을 빼앗긴다. 이어서 그 사이에 빼곡하게 자라난 풀들의 "초록"이 사실 "땅을 고르고 돌을 놓"기 이전부터 있어 왔다는 당연한 사실도 새삼 깨닫는다. 어떤 목적 아래에도 속하지 않았던 존재들이 강제로 부여된 기준 아래에서 일순간에 무용한 것으로 배척당해 온 것이다. 가장 일반적인 연상적 사고의 흐름을 좇아가면서 우리는 소외된 존재들이 감내해 온 "어둠"의 시간에 공감하고, 마침내 "풍선처럼 부풀어" 오르는 그들의 강인한 생명력에도 마음을 빼앗기게 된다.

　하지만 시인이 초점을 맞추고 있는 대상이 "돌과 돌 사이" 그 자체라는 사실을 떠올려 보자. 앞서 강조해 왔던 것처럼 송은숙 시인이 보여 주는 '틈의 상상력'은 일종의 생성에 대한 감각과 연관되어 있다. "빈틈없이 급급하다"는 구절을 반복하면서 시인이 강조하고 있는 것은 다름 아니라 '주차장'이라는 목표와 그것을 가능하게 만들어 주는 구성

요소인 "사각형 돌" 간의 위계에 대한 균열이다. 그것은 니체가 말했던 것처럼 아무런 목표 상태를 갖지 않으며, '존재(Being)'로 귀착되지 않기 위한 노력과 다르지 않다. 따라서 '주차장'은 대상의 의미를 정하고 우열을 구분하는 것이 가능한 인식으로서의 소용을 멈추고, 의미로 포획되지 않는 "사이"만 가득한 공간으로 변모된다. 대상의 본질은 그저 하나의 의견일 뿐이라는 니체의 언급이 시인의 상상력을 통해 선명하게 그려지고 있는 것이다.

'사이'에서

시집 『만 개의 손을 흔든다』를 구성하는 송은숙 시인의 상상력이 중요한 이유는 그것이 곧 시 쓰기의 유일한 힘과 관련되어 있기 때문이다. 의미들이 충돌하고 무화되는 지점에 서 있는 시인의 감각은 어떤 형식도 염두에 두지 않고, 무엇의 완성을 의도하지 않는다. 들뢰즈에 의하면 이처럼 글쓰기는 끊임없이 무언가가 되어 가는 과정에 있는 작가, 그리고 고유의 형태를 피하기 위해 끝없이 탈주(fuite)하는 작품 속 인물 등과 관련되어 있다. 고정된 의미에 포섭되는 것이 아니라 의미들을 가로지르거나, 의미가 겹치는 경계의 지점들을 확장해 가는 것이 바로 '생성(devenir)'의 글쓰기라는 것이다. 특히 들뢰즈가 '사이(entre)' 또는 '중에(parmi)'의 표현으로 이 같은 글쓰기의 의미를 강조했다는 점은 송은숙 시인의 시 쓰기와 관련된 태도를 이해하는 데에 흥미로운 연관성을 보여 준다.

빨래 건조대에 과메기가 매달려 있다
발목에 차꼬를 채우고 거꾸로 달아맨, 저 베드로의 자세

시를 쓰려면 사물을 전도시켜 보아야 한다니
어족의 세계에서 과메기는 시인 기질을 지녔다

과메기는 눈을 꿴다는 관목어에서 나온 말
그러나 이제 눈이 꿰이기 전 아예 머리가 잘려
토르소처럼 단순해졌다

전도된 세상이 다시 전도되었다
가시를 발라내니 시가 되었다

더 거둘 것도 없는 빈 몸이라
바람 앞에 담담하다, 당당하다

잘게 썰어 대는 바람의 책형에
살 속의 문장이 배어 나왔다
바다의 속살을 닮은 푸른 빛, 이다
　　　　　　　　　　　—「매달린 것들 3—과메기」 전문

　'과메기'의 형상과 그것이 만들어지는 과정에 시(쓰기)를
겹쳐 둔 이 작품을 통해서 앞서 말한 (시)쓰기의 힘을 이해
해 볼 수 있다. 작품에서 선택된 시적 대상은 흔히 시인의

목적과 의도에 직접 연관되어 있다. 그때 시적 대상은 기존의 일상적 의미를 시 안으로 끌고 들어와 시적 논리로 발전시켜 나가면서 공감의 영역을 만들어 낸다. 하지만 여기에서 시인이 다루고 있는 '과메기'는 그와는 다르게 의미들을 비껴가게 만드는 기호라고 할 수 있다.

먼저 '과메기'는 시를 쓰기 위해서라면 반드시 필요한 행위로서 "사물을 전도시켜 보아야" 하는 기준에 맞는 대상으로 등장한다. 하지만 이내 '과메기'라는 말 자체가 사물을 보지 못하는 조건에서 비롯된 것으로 인해 처음 선택된 의미의 영역은 곧 성립이 불가능해진다. 그러니까 '과메기'는 우리에게 '시는 사물을 거꾸로 보아야 한다'와 '아무것도 볼 수 없는 존재'라는 두 영역의 '사이'를 상징할 뿐이며, "전도된 세상이 다시 전도되"는 것처럼 끝없이 반복되는 힘이기도 하다. 시를 쓰는 주체의 형상에서 "가시를 발라내니 시가 되"는 대상으로 변모할 수 있는 것도 역시 이 같은 '사이'가 보여 주는 가능성의 영역이다.

마지막에 이르러 종결어미를 분리하기 위해 시인이 사용한 쉼표는 이를 다시 한번 환기한다. 언어 사용자에게 습득된 문장의 구조는 의미를 파악하는 우리의 인식 구조와 밀접하게 연관되어 있다. 문장에서 종결어미의 앞부분이 어쩔 수 없이 의미 영역을 선점하게 되는 것처럼 말이다. 따라서 이 작품에서 대상이 생산한 '문장'과 그것에 대한 추가적 설명 모두는 대상의 의미를 확정하는 방향으로 나아가게 되지만, '쉼표-사이'와 만나는 순간 점유하고 있던 의미의 영역은 모두 자의적이고 일회적인 것으로 변모된다.

> 수화는 손이 아니라 온몸이 하는 말이다
> 그래서 행간을 읽듯 침묵의 소리를 잘 읽어야 한다
> 새들은 날개를 접고 내려앉았다
> 불에 쬔 잉크처럼 허공에서 지워졌던 발자국이 보인다
> 주먹 위에 다른 손이 빙글 춤을 추는, 내가 유일하게 아
> 는 단어
> 사랑한다, 사랑한다, 사랑한다
> 물 아래서 맹렬히 발을 놀리다 먼 길을 떠나는 새들이
> 잠시 부리로 깃털을 가다듬는 봄날이다
> ─「수화」 부분

어떤 기준도 필요하지 않고, 의미를 점유할 필요도 없는 곳에서의 시 쓰기는 어떻게 가능해질까. 시인을 따라서 "버스에서 두 남녀가 수화"를 나누고 있는 장면을 들여다보자. '수화' 역시 일정한 문법적 규칙을 가지고 있는 언어이지만, 동시에 문법적 규칙에 종속되어 있는 언어적 범주를 뛰어넘어 존재한다. 가령 수화는 3차원의 물리적 공간을 반드시 필요로 한다거나 수화라는 지칭과는 다르게 손·손가락을 넘는 비수지(非手指) 신호도 폭넓게 포괄하고 있다.

말 그대로 "온몸이 하는 말"일 수밖에 없는 수화는 의미 전달의 기능에 가장 충실한 순간조차 사전적 의미를 언제나 초과한다. 문자와 문법에 종속된 언어를 사용하는 사람

들에게는 소용되지 않는 "행간"이나 "침묵의 소리"가 수화의 중요한 지점들인 이유가 여기에 있다. 수화에서 "눈과 입술은 해석의 실마리"라는 시인의 인식은 대량의 의사 표현들이 무차별적으로 쏟아지고 있지만 정작 의미의 세계와 멀어지고 있는 현실과 극명한 대비를 이루기도 한다. 이렇게 '수화'는 오직 '언어'로만 이루어지던 의미 구성 방식들에 여러 '사이'들이 도입된 결과라고 할 수 있겠다.

여기에서 우리가 목격하고 있는 "사랑한다"는 '수화-춤'이 주는 아름다움은 하나의 의미가 명확히 전달되었기 때문이 아님은 물론이다. "구애의 춤"이면서 동시에 "깃털을 가다듬는" 단순한 행위이기도 한, 의미가 구별되지 않는 '새'들의 몸짓이 그런 것처럼 강요된 의미의 영역을 벗어난 자유에서 비롯된다. 수화를 나누는 "두 남녀"가 들뢰즈의 표현대로 '탈주'를 감행하고 있는 인물들이라고 한다면, 거기에서 비롯된 탈주선은 시인에게서 다시 새로운 시 쓰기의 '탈주'를 지속하는 것이 가능하도록 만들어 주고 있는 것이다.

비/탄력적 시인

『만 개의 손을 흔든다』는 시인 특유의 상상력과 감각을 통한 탈주의 기록이다. 살기 위해 나선 길에서 죽음을 마주할 수밖에 없는 난민들의 이야기나(「허공의 집」) 현대사회를 관통하는 많은 문제점들이 이면에 숨어 있는 육식에 대한 문제 제기(「노란 길, 빨간 피」) 등을 비롯해서, 옛 소련 지역에서 강제 이주를 당한 우리 민족의 슬픈 역사(「붉은토끼풀꽃」)에 이르기까지 폭넓게 그려진 시인의 관심사가 이를 뒷받침한다.

이들 모두는 경계를 확정하고 기준을 세우는 과정에서 벌어진 일들과 깊은 관련이 있다. 나아가 송은숙 시인은 이를 통해 하나의 보편적인 주제를 내세우기보다 그와 같은 상황에 대한 인식 자체를 시 쓰기의 원동력으로 삼고 있다는 것이 특징적이라고 할 수 있다.

> 그래서 아침에 눈을 뜨면 일부러 몸을 뒤집어 본다 방의 이 끝에서 저 끝까지 데굴데굴 구르며 뒤집는다 뒤집고 뒤집고 뒤집으며 비로소 안도한다 천장이 보이고 창문과 커튼이 보이고 푹신한 이불이 보인다 밤새 입가에 흘린 버캐를 모아 밥을 지으러 간다 보글보글 밥물이 끓으면 찜솥에 나란히 누운 게의 등딱지를 떼고 불면처럼 흥건히 고인 시즙을 맛보며
>
> ―「비탄력적인 뒤집기」부분

이 작품은 자신의 힘으로 몸을 뒤집지 못해서 스스로를 죽음으로 몰아가는 "게의 등딱지"에서 "거북의 등딱지"로 이어지는 상상력을 바탕으로 하고 있다. 카프카의 유명한 단편소설 「변신」을 떠올리게 만드는 자기부정의 상황이라고 할 수 있다. 그런데 이를 두고 들뢰즈와 가타리는 카프카의 소설적 상황이 어떤 의미를 표현하기 위해 형상화한

은유가 아니라 생성의 과정이라고 설명했다. 다른 존재로의 변화에 어떤 의미를 부여하는 것보다 인간과 벌레라는 두 대상의 경계와 충돌이 끊임없는 탈주선을 만들어 낸다고 생각했기 때문이다.

어쩌면 누구나 자신만의 "비탄력적"인 "등딱지"를 가지고 있을지도 모르겠다. 현실적 의미를 순응하고 받아들인다는 것은 어떤 의미에서 안락함을 보장받는 가장 빠른 방법이기도 하다. 하지만 송은숙 시인에게 그와 같은 상황은 "일부러 몸을 뒤집어"서 "방의 이 끝에서 저 끝까지 데굴데굴 구르"게 만드는 필수적인 조건일 뿐이다.

『만 개의 손을 흔든다』의 세계는 가장 '비탄력적'인 것이 새로운 체제를 향하는 '탄력'과 하나로 구성되어 있음을 알리고 있다. 그것은 "뒤집고 뒤집고 뒤집"는 것만이 무한히 반복되면서 우리의 현실 속으로 끝없이 균열을 지속시킨다. 시문학을 통해 새로운 가능성을 그려 보는 일은 이처럼 균열의 지점들을 바라보는 일과 마찬가지이다.